魔豆

織女

醉琉璃——著

VOL. 05

真實與虛妄

織女 05

目錄

楔子

「騙子！」
「說謊！」
「妖怪！」
「藍眼睛的妖怪！」
明明是稚嫩的嗓音，吐出的，卻是傷人的詞彙。
然而，對一群年幼的孩童來說，他們尚不懂什麼是「傷人」，只是天真並且理所當然地排斥與他們不一樣的人。
圓亮的眸子大睜，稚氣的聲音一聲高過一聲，身上還穿著制服的四、五名小男孩、小女孩伸出白細的手指，大聲指責被他們包圍著的兩抹身影。
橙黃的陽光照在潭雅市內某座幼稚園的一角，正值放學的時間，園內人聲鼎沸，不時有家長前來接走自己的孩子。
但這處聚著一群孩童的角落，卻沒有老師特別留意。
幼稚園內不少孩子都住在附近，只要一、兩分鐘的路程就能返家，因此老師或園長就算看到這些小朋友聚在一起，也只當他們是貪玩留下來，只笑笑地囑咐了幾句，便將心神轉至其他正等待父母接送、家住較遠的孩子身上。

隱藏樹間的夏蟬發出高亢的唧唧聲，卻蓋不過孩童們尖細拔高的聲音。

「我媽媽說你們是騙子！」一名小男孩突地伸手推向被他們包圍的一抹人影。

似乎沒預料到會有這動作，那抹矮小的人影踉蹌了一下，失去平衡地一屁股跌坐在地上，連帶使得一直握住他的手的另一抹人影重心不穩，跟著跌坐下去。

數名孩童頓時發出哄堂大笑，有的人還忍不住鼓起掌，彷彿這一幕格外有趣。

「跌倒了！跌倒了！」

「活該！」

「嘻嘻，誰教你們說謊、愛騙人！」

幾名孩子七嘴八舌地嚷。

「哪有沒頭的人會在路上走？」

「天花板明明沒趴著什麼大姊姊！」

「還說老師的肩膀掛著小嬰兒！」

「你們會長鼻子！你們會像小木偶一樣長鼻子！」

「長鼻子、藍眼睛，果然是妖怪！」

即使面對著這些天眞的惡意，被包圍在中央的小男孩和小女孩依舊面無表情，靜默不發一語。他們身上穿著和其他人相同的制服，兩人長得極爲相似，簡直像同個模子印出來的。外貌輪廓是東方人的模樣，可唯獨一雙眼睛赫然是奇異的淺藍色。

年齡稍長的人一看，便會想到「混血兒」三個字。但只有五、六歲年紀的孩童又怎麼可能知道這個字詞的含義？

在他們看來，藍眼睛的蘇染和蘇冉就是跑來幼稚園的妖怪。加上他們姊弟有時會冒出奇怪的話——「那裡有人都是血」、「這位置有個沒腳的叔叔坐了」——使得園裡的老師也不愛親近他們，更加深其他小孩認定他們是不受歡迎的妖怪的印象。

綁著兩條長辮子的蘇染還是不說話，她緊握著弟弟的手，拉著他一起站起，想直接突破其他人的包圍。

但那幾名小孩卻是堵著不肯讓，然後一名小男孩忽然喊了一聲，「我們要消滅妖怪！」

其他小孩一愣，緊接著也興奮了起來。

「沒錯！消滅妖怪！消滅妖怪！」

「可是，要怎麼消滅？」一名小女孩困惑地問了。

聽她這麼一提，原本帶頭喊的小男孩也安靜下來，小臉皺成一團。但很快地，他興高采烈地睜亮了雙眼。

「引路人！」他高聲地嚷，「我哥哥說過有種叫引路人的妖怪，會把不乖的小孩吃掉！」

「我姊姊也說過！」

「我哥也是！」

「我也聽過！」

所有人頓時爭先恐後地搶著說話，怕被人認爲自己沒聽過「引路人」。

「是女生妖怪！」

「會吃人！」

「好可怕！」

「會出現在人少的地方！」

綁著長辮子的蘇染沒聽過什麼引路人，她趁其他人熱烈討論的時候，給了蘇冉一個眼色。

頭髮幾乎遮住眼睛的蘇冉點點頭。

下一秒，這對藍眼睛的雙生子拔腿就跑。

「他們跑了！」

「妖怪要跑了！」

一發現兩人逃走，所有孩子連忙一擁而上。他們好幾人的體格比蘇染和蘇冉還要高壯，不一會兒，數雙手就已抓扯住那對姊弟，還有人大力地拉著蘇染的長辮子。

「把他們帶給引路人！走走走！」

「喔！」

孩童們情緒高漲，他們推著蘇染和蘇冉，從幼稚園的側門溜了出去。誰也不想消滅妖怪的偉大計畫被大人發現。

沒多久工夫，這群孩子就來到他們覺得「引路人」最可能出現的地方——

那是條緊鄰空地的小巷，空地裡雜草叢生，有些長得比人還高，外圍還用幾條有刺的鐵線圍起。

大部分家長都曾告誡自己的孩子沒事別來這裡玩，因此這裡鮮少見到小孩的蹤跡。

「好了，快點往前面走！」最初提議的小男孩大力推著姊弟，要兩人走向空地。

蘇染和蘇冉不肯，他們的父母也曾如此囑咐過。

但其他孩童哪管兩人肯不肯，他們不客氣地推擠，高聲地命令。

忽然，一顆石頭砸在蘇染身上，接著其他人也有樣學樣。他們撿起地上的碎石，紛紛朝藍眼的小男孩和小女孩扔去。

「快點！」

「快點走啦！」

「走進去！」

孩子們嘻嘻哈哈，情緒愈發高漲，然而誰也沒有想到，下一瞬間卻有另一聲大叫從草叢裡冒出來。

「好痛！」

這聲大叫清晰又明顯，讓人無法當成錯覺。

所有人都愣住了，他們下意識看向冒出聲音的方向。

雜草叢生的空地裡又傳出了其他聲音，沙沙沙、沙沙沙，比人還高的草葉在晃動。

猛然間，一抹黑影衝了出來，嚇得一群孩子們驚叫連連，有人還忍不住跳了起來。

蘇染和蘇冉最爲鎮靜，蘇冉還迅速地撿了一顆石頭握在手中。他們本來以爲跑出來的會是野狗，但映入眼中的，竟是與他們穿著相同制服的人影，個頭還比他們矮上一點點。

那是名手上還抓著一束花的小男孩，手腳細瘦，一張沾著些許污漬的小臉卻是怒氣沖天，更不用說他的眼睛就像要噴出火般。

「是哪個傢伙拿石頭丟我！」小男孩厲聲喝道，氣勢居然比一眾高過他的孩童們還要嚇人，「很痛啊，你們知不知道！」

幾名孩子一時被震懾住，睜大著眼卻說不出話來。

但很快地，其中一名孩子緊張地拉拉同伴，「是星星班的……是星星班的宮一刻……」

「我、我看過他跟小學一年級的大哥哥打架……」另一名孩子也嚥嚥口水。

雖然那名叫作宮一刻的小男孩看似瘦小，胳膊也沒別人粗，然而孩子們卻認得他，就連蘇染和蘇冉也知道。

對方是隔壁班的，老是一個人獨來獨往，喜歡抱著那些應該是女生才會喜歡的玩偶，有人嘲笑他，就會和人扭打成一團，時常惹得老師氣急敗壞地趕來勸阻。是問題人物。

就算年齡稚幼，但心智比同年紀小孩還要成熟的蘇染和蘇冉，一點也不想和那名叫宮一刻的孩子有所接觸。只不過他們怎樣也沒想到今天竟會和對方碰在一塊。

「所以，到底是誰丟的石頭？」宮一刻不耐煩地瞪著所有人。

「不、不是我們！」臉上有雀斑的小女孩倏然大叫，手指飛快地比向藍眼睛的雙生子，「是他們！是那兩個藍眼睛的妖怪！」

宮一刻一愣，視線反射性地轉向蘇染和蘇冉，也瞧見蘇冉手裡確實握著一顆石頭。

蘇冉和蘇染的手抓得更緊，他捏緊那顆石頭，被髮絲擋住的眼冷冷地看著對方。

臉上沾著污漬、眼神銳利的小男孩卻忽然笑了。

「喔，他們啊——」他拉長了聲音，將手中的花輕手輕腳地先放至地上，接著猛地站起身，朝著另一群人握住拳頭，「你們說我就信嗎？我剛在那裡面，你們當我沒耳朵嗎？怎樣，要打架嗎？啊？」

宮一刻學起昨天和家人一起看的電影，裡面的男主角折著手指，一步步向前走。

就算自己這方人較多，個頭也比宮一刻高，可是見過對方與人扭打成一團的嚇人模樣，沒人想再留下來。

顧不得原本要執行的消滅妖怪任務，一群人頓時哇哇叫地一哄而散。

「搞什麼，這樣就跑了嗎？我還沒學電影用頭鎚耶，不過那招看起來也好痛……」宮一刻咕噥著摸摸自己的額頭，隨即眼眸瞥向還沒跑走的雙生子。他毫不掩飾打量的目光，將對方從頭看到腳，再從腳看到頭。忽然他從口袋掏出一條手帕塞過去，「借你們擦眼淚，你們看起來快嚇哭了。放心，我不會說出去的。我老爸有說過，男什麼淚什麼的……」

「男兒有淚不輕彈。」蘇染完整說出句子，接過那條上面有兔子圖案的手帕，「我不是男生，也沒有要哭。」

「我是男生，也不打算哭。」蘇冉靜靜地說，放開手裡的石頭。

「沒有要哭就好。」宮一刻又向前一步，黑眸盯著面前兩人的眼睛，「你們的眼睛……」

蘇染和蘇冉反射性繃住身體，腳跟微微抬起，內心打定主意，假使再聽見嘲笑的話，就要馬上跑開。

「你們的眼睛和花一樣，眞好看。」宮一刻指指剛才被他放在地上的一束小花，淺藍的花瓣確實與蘇染他們的眼瞳顏色相似。

蘇染和蘇冉怔住，顯然沒想到會聽見讚美。他們互望一眼，由蘇染遲疑地開口，「眞的？你眞的覺得好看？」

「啊？爲什麼不好看？你們是在向我炫耀嗎？」宮一刻皺緊眉，他上上下下地再看過姊弟倆一眼，然後拾起地上的花束，像是有些不甘願地拆成兩束塞給他們，「我本來要做手環的，不過就先送給你們吧。」

蘇染和蘇冉就像忘了該如何反應，只能被動地收下。

看著藍眼睛的小女孩和小男孩抱著藍色的花，宮一刻點點頭，覺得的確非常適合。

「果然很好看。」他咧出笑容，凶狠的眼睛瞇得彎彎的，看起來也沒方才嚇人。

蘇染和蘇冉不由得抱緊第一次從別人那兒收到的花，心裡已將貼在宮一刻身上的「問題人物」標籤大力撕去。

取而代之的是「想靠近」、「想認識」對方的心情。

「蘇冉。」蘇冉忽然跨前一步，他指指制服上的名牌，「月亮班。」

「我是蘇染。」蘇染也指向制服上的名牌，「也是月亮班。我是姊姊，蘇冉是弟弟。」

「你們兩個的名字聽起來根本一樣啊……月亮班？不就在我們班隔壁？奇怪，我不記得曾看過你們……」宮一刻困惑地攢起眉。

對於宮一刻完全不知曉他們的事，這對姊弟也有些訝異。他們的藍眼睛和雙胞胎身分都很

宮一刻

引人注目，更何況雙方只在隔壁班那麼近的距離。

不過在多年後，蘇染和蘇冉才知道他們最重要的這位朋友，原來相當不擅辨認他人。

而現在，他們就像兩隻好奇心重的小狗，緊跟在宮一刻身邊，不時提出問題。

「你爲什麼會在草叢裡？」

「摘花。」

「爲什麼要摘花？」

「因爲我就是喜歡來這兒摘，行不行？」

「爲什麼就是喜歡來這兒摘？」

「你喜歡花？」

「只限定藍色？」

「其他顏色呢？」

「暫停，拜託你們暫停！」像是再也受不了一連串問題轟炸，一刻停住腳步，用力揮動手臂，「你們兩個的話也太多了吧？所以現在換我問你們回答，這樣才公平，叫禮什麼的……」

「禮尚往來。」蘇染補充，接著她與蘇冉點點頭，異口同聲地說：「好。」

一刻這下滿意了，「你們和剛剛那幾個人，跑來這兒做什麼？」

「引路人。」蘇冉回答，「他們要讓我們被引路人吃掉。」

蘇染接著說，「他們說引路人吃壞小孩。」

「引路人？怎麼跟我姊說的不太一樣？」一刻撓撓頭髮，抱胸思索，「我姊也說過引路人會誘拐小孩，就算人家給糖果、給小熊、給小兔子也不能跟人走。不過『誘拐』是什麼啊？」

「誘拐是……」博學多聞的蘇染還想解釋，但突地一陣風讓她不由得噤下話。

就算風停了，蘇染還是說不出話。

三名孩子睜大眼，錯愕地看著面前的景象。

蘇染和蘇冉緊緊地各抓著一刻的一隻手，他們還在空地旁的小巷裡，可是從小巷底端開始，本來顏色鮮明的天空、圍牆、路面，一瞬間全刷成了昏黃色。那色澤快速地逼近再逼近，一眨眼就來到他們三人身邊。

除了蘇染、蘇冉抓在手裡的花和他們三人以外，四周景物全覆上一層朦朧的昏黃，彷彿曝光相片似的那種懷舊色調。

「這、這是……」一刻說起話不禁也有些結巴，他們只是一群六歲的小孩，眼前的變異早就超乎他們的想像。

這怎麼看都不正常。

就在三人猶豫著該不該跑去找人求助時，前方巷口轉角忽地飛出一抹鮮艷的顏色。

那是一隻紅得像要著火的蝴蝶，碩大的雙翅拍振，竟是繞進了巷裡。

而緊接在紅蝶之後的，是一抹纖細的身影。

素白的手提執一盞燈籠，樣式古怪的紅衣包覆了她的全身，過長的下襬拖曳在地面，烏黑的髮絲上別著華麗的髮飾，白皙的面孔上覆著半張詭異的面具。

面具沒有可以讓眼睛視物的孔洞，就只是一片潔白光滑；其上勾勒出一個墨黑的字跡，乍看下像是大大的「引」字。

「引……引路人？」蘇染喃喃地吐出幾個字，幾乎她的話聲一落，那抹款款前行的身影竟在瞬間逼近三名孩童身前，彷彿從巷口到他們所在位置之間的距離並不存在。

乍然逼近眼前的鮮紅，令一刻他們駭得屏住氣，身體僵直，毛骨悚然的感覺從背脊爬上。

戴著半張面具的紅衣女子彎下身，臉像是要貼近他們，隨後她忽地又挺起身，搖搖頭，艷紅的嘴唇張闔，一道呢喃般的女聲流洩在空氣中。

「不夠，你們沒有強烈的願望，你們還不夠，無法成就我。」

拋下了奇異不明的話語，紅衣女子在發著螢光的紅蝶環繞下，又轉頭安靜地走了。

隨著她的身影越拉越遠，紅蝶倏地分裂出多隻，每一隻都散發著淡淡光芒，不停地撲騰著翅膀。

就在三名孩子覺得耳內似乎滿滿都是蝴蝶拍翅聲的剎那間，紅蝶和紅衣女子消失了。

昏黃褪去，四周再度回復原來鮮明的色彩。

三名孩子急促地呼吸著，手心冒汗。

隱在樹間的夏蟬還在高聲唧唧鳴叫，像是沒發覺任何異常，繼續歌頌著這個炎熱的夏季。

□

蟬聲、陽光熾熱、綠影濃蔭。

個子抽高了一點的一刻站在樹下，如同用盡力氣般緊握著拳頭，臉色蒼白，發乾的眼睛裡什麼也滴墜不出。

一旁操場喧譁聲不斷，可以看見穿著體育服或制服的學生正在嬉笑玩鬧，和他這裡彷彿隔成兩個截然不同的世界。

「一刻！」

「一刻！」

忽然有兩人急匆匆地跑了過來。

相貌極為相似的男孩和女孩發現一刻在這兒，立刻跑近他的身邊，兩雙色素淺淡的藍眼寫滿著關心擔憂，還有一絲的悲傷。

即使找到了好友，但蘇染和蘇冉卻不知該如何開口打破彼此間的靜默。

「走開……」一刻啞著聲音，從唇間擠出了兩個字。他低垂著眼，看也不看和自己就讀同一所小學的青梅竹馬。

「一刻。」蘇染走上前，輕輕拉住一刻的手，感覺到對方一震，似乎想甩開，她不放手地大力握住，「一刻，莉奈姊來接你，她在找你。」

一刻終於有所反應地抬起頭，他的眼眸看起來就像一頭負傷的小獸，絕望、憤怒、不甘、悲哀，卻沒有流下一滴眼淚。

「一刻，莉奈姊會擔心。」蘇冉低聲地說，「我們陪你一起回教室，我們會在你身邊。」

一刻的臉色還是一樣蒼白，他慢慢地搖頭。忽然，他開口：「他們在我身邊嗎？你們……有看到、聽到嗎？喂，我老爸和老媽……他們……」

藍眼睛的男孩和女孩沉默，誰也沒有說話。

「什麼啊，果然……」一刻如同自嘲般扯扯嘴角，然而他的聲音聽在蘇染他們耳中，就像快哭出來一樣。

蘇染咬住自己的嘴唇，素來冷靜的眸子此刻卻是泫然欲泣。她望了身旁的蘇冉一眼，在對方眼中看見相同的情緒。他們對於自己居然無力安慰最重要的朋友，感到深深地不甘與懊悔——一定有辦法的，一定有辦法安慰一刻的，就像一刻當年拯救了他們一樣！

突然間，周遭的聲音全都消失了，上一秒還吵得像是煮沸開水的操場上，這一秒竟變得一片死寂。

發覺不對勁的三人大吃一驚，飛也似地轉頭看向周圍。

亮麗鮮明的顏色消失，奇異又懷舊的昏黃色調覆蓋在所有景物之上，天地間彷彿只剩下一刻他們三人還保持自身的色彩。

「這、這是……」一刻睜大眼瞪著這詭異的景象，腦海內好像有什麼被觸動了。

蘇染和蘇冉反應更快，他們立即想起數年前也曾遇過這般詭譎的情況。

就在和一刻正式認識的那天！

「引路人」三個字瞬間躍出兩姊弟的記憶，他們反射性地擋護在一刻兩側，屏氣凝神地等待接下來的發展。

彷彿在呼應他們心裡所想，一抹紅艷得突兀的顏色出現在這個昏黃色的世界。

那是一隻鮮紅的蝴蝶，拍振著碩大華麗的雙翅，慢悠悠地朝一刻他們所在的樹下飛來。

蘇染和蘇冉捏緊拳頭，手心微微冒汗。

如果按照當年的情況來看，那麼接著出現的就是……

「我聞到了絕望和悲傷的味道。」

一道呢喃似的女聲無預警自三名孩童耳邊落下。

男孩和女孩身體一震，下意識地轉頭，映入眼中的赫然是戴著半張面具的素白臉龐。

一名提著燈籠的紅衣女子就站在一刻他們眼前，誰也不知她是何時靠近的，彷彿一開始就存在於此。

無視三名孩子流露出的驚駭表情，紅衣女子忽地彎起艷紅嘴唇，慢慢地拉開一抹新月般的弧度。

「現在的你們，就夠了。許下願望吧，向我許下願望，然後，我將實現你們的願望。」

「願望……？」一瞬間，一刻像是忘記警戒，宛如受到蠱惑般向前踏出一步，「什麼都可以嗎……什麼願望都可以實現嗎？」

「絕望、悲傷，還有失去的味道。」紅衣女子輕柔的聲音如同吟頌，紅蝶在她身邊飛舞，從一隻變成兩隻，從兩隻變成四隻，再從四隻變爲八隻，「你失去了重要的人嗎？你想要讓他們回來嗎？」

紅衣女子輕啓紅唇，潔白的齒間可以看見鮮紅的舌頭蠕動。

她說，「哪，可以唷。」

可以可以可以可以可以——我可以讓你失去的人再度回到你身邊。

蘇染和蘇冉看見一刻的臉孔扭曲，那雙絕望的眼裡迸出光芒，他們看見他張開嘴——

四周忽然狂風大作，蓋去一切聲音，數也數不清的螢光紅蝶漫天飛舞，遮蔽了整個世界。

「蘇染？蘇冉？喂，我在叫你們啊！」

突來的喊叫驚回蘇染和蘇冉的神智，藍眼睛的女孩和男孩同時抬起頭，相似的面容帶著一絲茫然，淺藍色的兩雙眼睛望著站在他們面前的一刻。

穿著制服的男孩看起來精神奕奕，總是給人凶暴印象的銳利雙眼內，此刻卻含帶著笑意。任何人都看得出來，一刻的心情非常地好。

「你們倆在發什麼呆？」一刻不客氣地取笑，「我都喊你們那麼多次了……不跟你們說這個，今天放學我不和你們走了，我老爸和老媽要來接我。」

「宮叔叔……」

「……阿姨？」

姊弟倆就像一時間還沒法反應過來，就連回答也慢了半拍。

不過一刻卻是完全不在意，他朝窗外一抬下巴，「人就在外面了。」

蘇氏姊弟反射性地往外看了過去，或許是陽光太刺眼的關係，他們只能看見兩名背光的男女站在教室外，隱約中似乎還看見對方露出了笑容。

「好啦，我先走了，你們也快點回去吧。掰啦，明天見！」拋下這句話當作道別，已經升上四年級的男孩抓起書包，三步併作兩步地跑至教室外。

蘇染他們看見一刻的雙手被父母各牽住一邊，那張仰起的臉上充滿著快活的神采，就連眼睛都像在發亮著。

那樣精神十足的一刻，他們已經有好長一段時間不曾看見了，於是臉上不由得也泛起了笑，想著自從……自從什麼時候？

蘇染和蘇冉臉上的笑意瞬間凍結，取而代之覆上的是驚恐。

不對不對，一刻的父母……宮叔叔和宮阿姨不是早就因為車禍去世了!?

「一刻！」

「一刻！」

蘇染和蘇冉大叫出一刻的名字，想立刻追上對方，但雙腿就像生了根，無論如何也無法邁出一步。

而似乎聽見呼喊的一刻回過頭，對兩名朋友咧出開心的笑，「我們明天見啦！」

牽著一刻雙手的男人和女人也回過頭。

蘇染他們依舊看不見對方的臉，只覺得自己像是只看見一片焦黑。

一縷火焰從男人身上燃起，接著女人的身上也著起火，火焰一轉眼成了熊熊大火，將兩人全部吞噬，如同燃燒著的兩根人形火柱。

一刻彷彿渾然不知，任憑肆虐的火焰無情地反撲至自己身上。

蘇染及蘇冉只能駭然尖叫。

「不要——」

□

蘇染驚駭地睜開眼睛，從床鋪上瞬間彈坐起來。

披散著長長髮絲的清麗少女大口大口地喘著氣，身上的衣物被冷汗浸濕，抓著棉被的手指控制不住地微微發抖。

不待呼吸平復過來，蘇染即刻跳下床，連室內拖鞋也不穿，光著腳衝出了自己的房間。

幾乎同一時間，走廊對面的另一扇房門也猛地被人打開。

凌亂著頭髮的俊美少年急促喘氣，淺藍色雙眼內是抹滅不去的驚魂未定。

蘇染看著蘇冉，蘇冉也看著蘇染，兩姊弟不發一語地對視了好半晌，然後蘇染蹲下身子，將臉埋進膝蓋間，沒有綁束的髮絲遮住她整張臉，垂落至走廊地板上。

蘇冉什麼也沒問，只是靜靜地走至蘇染身邊，靠著牆壁，慢慢地滑坐下來。

走廊間，一時充斥著彼此紊亂的呼吸聲。

等到兩人的呼吸終於逐漸平復，蘇染總算抬起頭，過輕的聲音從唇間流洩，「惡夢？」

「嗯，火焰、一刻。」蘇冉低聲回答。他知道憑他們雙生子之間的感應，蘇染一定能明白他在說什麼。

「一樣的夢。」果然，蘇染這麼回答。她將臉再次埋住、又抬起，藍眼直勾勾地望著自己的弟弟，「你覺得現在打電話給一刻，被罵的機率有多高？」

「百分之百。」蘇冉毫不猶豫地說，「已經兩點半了。」

「我也覺得會被罵。」蘇染輕笑起，「但是，被罵就被罵吧。」

說完這句，他倆對視一眼，隨即各自奔回自己的房間，抓著自己的手機再回到走廊上。

交換彼此眼神，外貌相像的少年和少女不浪費時間，迅速猜了一把拳。

蘇染出布，蘇冉是石頭。

「用我的打。」獲勝的蘇染唇角有絲得意。

落敗的蘇冉只能默默地收起手機，擠在蘇染身側，不忘伸手指指擴音鍵。

手機鈴聲響了好一會兒，才終於傳出接通的聲音。

「喂……幹嘛……」充滿濃濃睡意的少年嗓音自另一端響起，聲調比平常低啞了好幾階。

乍聞屬於宮一刻的聲音，蘇染和蘇冉可說在瞬間都感到那隻緊抓在心頭的無形五指鬆放開了一些。

「一刻，你有作什麼奇怪的夢嗎？你今天還好嗎？晚上八點半洗澡時有被熱水燙傷嗎？」把握時間，蘇染飛快地提出了一連串的問題。

或許是半夜睡夢中被吵醒的關係，一刻的頭腦無法好好運轉，他含糊地回了幾個難辨的音節，最後才冒出，「……什麼？」

知道一刻反應不過來，於是換蘇冉將剛剛的問題重新複述一遍。

這一次，手機的另一端陷入沉默了。

而從那微微加快的呼吸聲，可以判斷出一刻並不是握著手機睡著了。

蘇染和蘇冉也不催促，只是耐心等待。

「所以……」終於，一刻的聲音又響了起來，話裡的睡意似乎也比方才還減去一些，「不是你們出事？」

「不是。」蘇染說。

「也不是你們家發生什麼問題？」

「也不是。」蘇冉說。

一刻又沉默了，但他的呼吸明顯變得急促沉重，就像在壓抑什麼般做著深呼吸。

蘇染立刻將擴音鍵按掉，果然在下一秒，一刻暴怒的咒罵聲砸了過來。

「我操你的！你們兩個吃飽太閒沒事幹嗎？大半夜的還打電話過來吵什麼吵！老子他媽的要睡覺！幹！敢再打來，你們明天就等死！」

即使是在沒有按下擴音鍵的情況下，一刻的咒罵聲依舊清楚地讓手機旁的兩人都聽見。

狠狠地罵了一頓之後，也不想追問蘇染他們到底為什麼要在半夜兩點半打給他，一刻直接掛掉電話。

聽著手機裡傳出的嘟嘟聲，蘇染和蘇冉再也忍不住笑了出來。

可是沒一會兒，兩人的笑意就又斂起，他們想到了共同作的那個夢。

引路人、戴著半張面具的紅衣女子……他們甚至已忘記自己曾碰上這樣的事。

「一刻記得嗎？」

「一定忘了。」

「他許了什麼願？他有許願嗎？」

「不知道。」

「叔叔和阿姨不可能回來，即使一刻那時許願了，願望也沒有實現。」

「沒有願望就沒有代價。」

「所以，我們應該不用擔心吧？」

「……嗯。」

蘇染和蘇冉再度陷入沉默，他們知道沒什麼好擔心的，但為何難以言喻的不安依舊像條蛇般地爬了上來，蜿蜒纏繞，張開長有利牙的大口，準備隨時——

伺機咬下！

第一針

被人盯著看的感覺是怎樣？

被美麗的少女直勾勾地盯著看的感覺是怎樣？

這個問題假使拿去問大部分男性，相信得到的回答都會是：樂意、很樂意、非常樂意。

不過，宮一刻可是完全不樂意。

不理會講台上的老師口沫橫飛地正在講課，染著一頭張狂白髮的少年直接把臉埋進攤在桌面上的課本裡，裝作沒感受到從旁射來的灼灼視線。

視線的源頭來自於隔壁座位。

位子上，坐著的是一名綁著兩條細細長辮、戴著粗框眼鏡的清麗少女，一雙異於東方人的淺藍眼珠既不盯著課本也不盯著講台，而是毫不掩飾地就這麼鎖定一刻。

如果對方只是普通的班上同學，一刻一定會直接嗆他一句「看三小」，並送上狠利如刀的恐怖眼神。然而，現在坐在他身旁的這位少女，不單單和他同班，還是從幼稚園就認識的青梅竹馬。

「幹！蘇染，妳X的是看夠了沒？」一刻稍微抬起臉，咬牙切齒地擠出聲音，「老子的身上都要被妳看出一個洞了！」

「放心，就物理上來說，我的眼神不可能變得和雷射光一樣，就算會讓一刻你全身感到火熱也做不到。」蘇染冷靜如常地說。

「火妳媽啦……」一刻放棄地將臉再埋進課本裡。

事實上，兩人竊竊私語的這一幕，講台上的老師看得非常清楚，尤其蘇染還如此這般明顯地注視著一刻。

但……染有一頭白髮、雙耳掛著多個耳環的宮一刻，是惡名昭彰的不良少年、利英高中有名的問題人物，這名數學老師可不敢招惹。

而蘇染……雖然可以點她起來回答問題，但在她明明沒有專心聽課的情況下，卻還能每次說出正確的答案，數學老師最後也只能對那兩人視而不見了。

不過，視而不見的行爲只針對一刻與蘇染，並不代表老師會放過其他摸魚的學生。

「蔚可可，妳來回答第八題。」

「咦？咦？」

「蔚可可，妳藏在課本後的是什麼啊？愛情小說？下課後把小說帶來辦公室找我報到！」

「咦——不要啦，老師！」

對斜前方傳來的哀叫聲充耳不聞，一刻從口袋裡摸出手機，在桌下打著簡訊。

——你妹看小說被抓包。

簡訊發送後不久，就收到了回傳的訊息。

發件人是蔚商白，蔚可可的兄長。

這對兄妹是來自湖水鎮湖水高中的交換學生，同時與一刻和他的同伴一樣，都是獲得神力的神使；只不過，一刻的神力來自於織女，而蔚氏兄妹的力量則是來自湖水鎮的守護神。

原本一刻和蔚商白並無太多交集，後者是二年級的學生，在原來的學校還是一板一眼的糾察隊大隊長，但在一次偶然的聊天後，意外發現彼此相當合得來，於是兩人三不五時就會用手機互傳訊息。

一刻點開簡訊一看，內容是簡潔的三行字——

收到。

說好要來我家。

幾點？

一刻盯著簡訊半晌，想起自己昨天確實答應過他們兄妹，要到他們目前在潭雅市的住處過夜。他本來想回覆放學後，但依舊落在他身上的視線提醒他，如果不把事情解決完畢，到那對兄妹家過夜的人數就要變成買一送二了——

送上蘇染和蘇冉。

沒錯，不止蘇染，今天一直緊盯著他的還有蘇冉。只不過礙於雙方不同班，蘇冉只有下課時才會過來他們班上。

才剛這樣想，宣告學生暫時自由的下課鐘聲頓時響起。

講台上的數學老師依依不捨地闔上課本，還不忘喊著蔚可可，要她帶著上課偷看的小說隨她回辦公室。

鬈髮大眼的可愛女孩哭喪著一張臉，無比哀怨地跟了出去。

數學老師後腳剛走，六班教室立刻陷入喧譁之中。

「一刻。」在這份喧鬧中，一道安靜又熟悉的少年嗓音落下。

一刻簡直想哀號，他耙了耙白髮，自暴自棄地撐坐起身體，終於不再將臉埋在課本內。

站在一刻桌前的，是名戴著耳機的黑髮藍眼少年。俊美的臉龐和寡言的氣質使得他的出現往往引起女性的注意；而他與蘇染極為相似的外貌，更說明了他們之間的血緣關係。

「眞是夠了，蘇冉。」一刻惱怒地彈了下舌，鋒利且挾帶火氣的目光瞪向自幼稚園起就結交的這對青梅竹馬，「還有妳，蘇染，別以為沒妳的事。你們倆從昨天半夜就在搞什麼鬼？」

一提起昨夜的事，一刻的火氣更大了——半夜無端被人吵醒可不是什麼愉快的經驗——但他還是盡量壓低了聲音。

「莫名其妙地問我有沒有作惡夢、有沒有事就算了，為什麼還問我洗澡有沒有被燙傷？那個準確得沒有誤差的時間點是怎麼回事？不要告訴我有人靠杯地偷看老子洗澡！」

蘇染與蘇冉對望一眼。

蘇冉率先舉手，證明自己的清白，「不是，蘇染告訴我。」

聽起來像是與問句毫無聯繫的句子，一刻卻能明白蘇冉說的是：他沒有偷看，洗澡時間是蘇染告訴他的。

一刻馬上將犀利的目光轉向蘇染。

曾宣稱十八歲後就要進行夜襲的長辮少女輕推一下鏡架，「當然是織女告訴我的，一刻。如果我要看的話，一定光明正大，而且不會忘記帶相機。」

「加洗一份，下次妳實行的話。」蘇冉提醒。

「我操！說這些話是當我死了，不在這兒嗎？」一刻惡狠狠地瞪了當面進行交易的姊弟倆一眼，心中則是暗自記下，回去要教訓那名披著蘿莉皮、住在他們家的神仙一頓。連他什麼時候洗澡都報給人知道，改天是不是就換偷拍相片送人了？

覺得那名總是擺出趾高氣揚態度的黑髮小女孩很可能做出這種事，一刻不由得打了個哆嗦。

但他隨即又想到，倘若這種事可以分散她的注意力，那麼……隨便她也沒關係啦。

「一刻，你不喜歡我們這樣做？」蘇染清冷的聲音拉回一刻的心神。

一刻才想脫口說出怎麼可能會喜歡，但是一對上那兩張相似但乍看下缺乏表情的面孔，來到舌尖的話語頓時硬生生地嚥了回去。他頭痛地按了按額角，覺得那兩人以玻璃珠般的淺藍眸子看著自己根本是犯規。

那像是要被拋棄的小狗的眼神是怎麼回事？他可是什麼都沒有做吧！

「啊，馬的……搞得老子好像犯了什麼罪一樣。」一刻惱怒地將額頭撞上桌面，決定來個眼不見爲淨。

「補習班的事沒參與到，很寂寞。」蘇冉說。

一刻輕易地被這句話打敗了，他發出悶悶的聲音，「要盯、要跟，隨便你們想怎麼做啦。不過限定學校內，放學後還當跟屁蟲的話，老子抓狂給你們看。」

「好。」蘇氏姊弟眼中掠過欣喜，他們飛快地再交換一個眼色，確認彼此的相同心思——放學後當然也要送一刻回家才行，不過這種時候就先口頭答應。

全然不知兩位好友的打算，一刻不由得想起補習班的事。

蘇冉一提起這三個字，一刻就毫無抵抗力是有原因的。

這大約是上禮拜的事了……

一刻的堂姊和友人在南陽大樓合開了一間補習班，但不知出了什麼問題，原先在那打工的工讀生皆因碰到靈異事件而離職，使得補習班面臨了缺乏人力的窘況。

爲了幫忙自己的堂姊，一刻當時便與蔚商白以及暗戀他堂姊的江言一一塊兒充當工讀生，一來分擔工作量；二來是藉機查探補習班鬧鬼的由來。最後在多位神使聯手之下，終於將事情調查個水落石出……

這整個事件中，蘇氏姊弟完全沒有參與到，他們當時因爲重感冒臥病了好幾天，這讓他們一直對此事耿耿於懷，介意著自己沒有幫上一刻的忙，同時也覺得自己遭到冷落了。

因此一聽到蘇冉提起補習班的事，一刻才會這麼乾脆地退讓。

盤算著等放學回家後再前往蔚商白的家，一刻摸出手機，本想回傳簡訊給對方，但卻剛好點開了另一封蔚可可之前傳給他的訊息。

訊息中夾帶著一張男人的照片。

男人西裝筆挺，髮絲末端微鬈，一雙勾人的桃花眼加上俊美非凡的容貌，渾身上下散發著強烈的魅力。

無意中點開這張照片的一刻瞬間繃起臉，坐起身體，銳利的眼神像要把照片裡的美男子給刺穿一樣。不知情的人見了，還以爲他與那名男子有什麼深仇大恨。

不過，事實雖非如此，但一刻對於照片中的男人的確徹底抱著反感的心情。

因爲照片裡的男人，就是牛郎——織女的丈夫，在天界行蹤不明的牛郎！

誰也沒想到蔚可可偶然拍到的照片裡，竟是南陽大樓事件中的四尾妖狐．左柚要會見的網友！

沒回織女的信，卻出現在潭雅市，與左柚似乎關係密切……這樣的牛郎到底是……

「幹！那個殺千刀的傢伙，眞想狠狠揍扁他！」一刻鐵青著臉，火大地將手機蓋起，以免自己在盛怒下錯手將手機給扔砸了出去。

「沒辦法找到他？」雖然沒參與到那次事件，但蘇染也從一刻口中得知左柚與牛郎的事。

「鬼才知道他躲在哪裡？聯絡電話又是什麼？」一刻重重地彈下舌頭。

「找那名叫左柚的女孩子？」蘇冉提出另一個辦法。

——既然左柚和牛郎是網友，那麼應當能藉由她聯絡上牛郎。

一刻卻沉默了下來。至今他仍對左柚抱持著難以言喻的情感，即使知道那不是戀愛，可他也無法解釋那究竟是什麼。

「……我沒她的電話。」半晌，一刻搖搖頭，語氣聽不出太大的變化。

自從在南陽大樓和左柚分開後，一刻就再也沒見過那名楚楚可憐的褐金長髮少女。

就像是不願再多提左柚，一刻大力地耙了耙自己的白髮，「煩死了，就算想問喜鵲，那傢伙卻緊黏在織女身邊……根本沒辦法和她單獨說話！」

當初一眼認出照片上的男子就是牛郎的人是喜鵲。雖然想從她身上問出更多關於牛郎的事，可只要織女在場，一刻就不可能問得出口——牛郎出現在潭雅市的事，至目前爲止，沒人敢讓織女知道。

那名看似任性驕縱的小女孩，對自己的丈夫抱持著多大的愛情，和她住在同一個屋簷下的白髮少年又怎麼看不出來。

一刻不自覺地捏緊拳頭，在心中用自己知道的所有髒話罵過牛郎一輪，他一點也不想再看見織女露出落寞悲傷的表情，那名小丫頭最適合趾高氣揚的笑，一如她最初出現在他面前時那樣。

「喜鵲嗎？」蘇染若有所思地輕喃，漂亮的藍眼睛半掩著。

蘇冉沒有開口，只是不著痕跡地在蘇染的掌心寫下——逼問，找時間？

蘇染用頷首作爲回答。

一刻並不知道蘇染他們暗中擬定了什麼計畫，他煩躁地以手指敲著桌面。不想還好，一想所有問題全都壓上心頭，讓他心情更加惡劣。

突然間，一陣細碎的談話聲傳入了一刻他們三人耳內。

那是幾名女孩子間的閒聊，然而，當中的幾個字詞卻使一刻震了震，瞳孔收縮。

他聽見了「都市傳說」、「女人」、「古怪的面具」。

一刻其實有件事還不曾向任何人提過，即使是和他交情最好的蘇氏姊弟也不知道。

在南陽大樓的時候，他曾與操控左柚的那股力量的擁有者單獨面對面。

那名從思薇女中事件開始，就一直阻撓他們、矇騙蔚氏兄妹，甚至操控左柚的神祕人士，居然是一名體型嬌小的女性。從聲音可以判斷出是個女孩，過腰的黑髮、漆黑的衣裙，整個人彷彿由黑暗塑成，臉上戴著勾有紅紋的白色面具。

雖然女孩曾摘下面具，但一刻唯一能看到的，只有那雙猩紅色的眼睛和歪斜的惡意微笑。

現在一聽見有人提起戴著面具的女人，一刻反射性想到那名主使者。他立刻離開座位，大步走向那幾名正吱吱喳喳討論著都市傳說的女孩。

「妳也聽說了嗎？」

「有喔有喔，現在網路上很盛傳，對吧？我們班的班板也都在討論這個呢！」

「我告訴妳們，我昨天在鬼板上還看到有人為這個差點吵起來！」

「哇！真的假的？不過也不是不能理解啦，像我就是站在半信半疑的那方……」

「我是相信的那邊耶！因為這傳說從很久以前就開始傳了嘛！戴著面具的引……！」

原本幾名女孩聊得正熱烈，但一發現班上最令人敬而遠之的白髮少年向她們這邊走來，頓時都駭得閉上嘴巴。而在瞧見對方居然就站定在她們面前，那一張張少女的臉龐不禁褪了血色，刷成蒼白。

同樣望見這一幕的六班其他學生也跟著安靜下來，這還是他們頭一次看見宮一刻直接找上女同學。在不知道他的意圖下，教室裡瀰漫著一股古怪的死寂。

他想做什麼？宮一刻想做什麼？那些女生做了什麼惹到他了嗎？

無視周遭的詭異氣氛及一雙雙驚疑不定的眼睛，一刻瞇細眼，盯著面前的幾名女孩，沉聲問道：「妳們剛說的是什麼？」

「什……什麼？」一名女孩費了好大的力氣才勉強發出一點聲音，但那聲調無疑是害怕得快要哭出來。

雖然早就知道眼前的白髮少年很可怕，但實際被他用那雙嚇人的眼睛盯住後，女孩才知道那種獵物被猛獸逮住的心情究竟是怎樣。

「沒聽清楚嗎？我在問妳們，妳們剛說的是什麼？」一刻不耐煩地重複一次，殊不知他低了一階的嗓音只是令女孩們感到更加畏懼，根本無法好好思考。

眼看幾名女孩中有人怕得就要哭出來，另一道清冷的聲音及時插入。

「妳們在說都市傳說嗎？那是怎樣的都市傳說？」蘇染輕拍了拍一刻的手，將他拉往後面一點，換自己站上前。

一瞧見出聲的是班長，加上又同爲女孩，被一刻氣勢震懾住的女同學們登時覺得終於可以好好呼吸了。

「蘇染，妳不知道嗎？」小心顧忌著一旁的一刻，一名女孩對於蘇染的提問有些吃驚。因爲凡是認識她的人，都會覺得這名綁著長辮的藍眼少女簡直就像「無所不知」的代名詞。

「笨耶，蘇染之前不是請了好幾天病假？不知道也很正常吧？」另一名女孩搶著說，視線則是偷偷地覷著站在一刻身旁的蘇冉。

「不過……這應該不算什麼新的都市傳說……」又一名女孩吶吶地開口，「好幾年前似乎曾流傳過，我記得我姊以前也跟我提過……人少的小巷裡，有時會出現一名戴面具、提著燈的女人……」

「提著燈？」一刻愕然，他見過的黑衣女孩並沒有提著什麼燈。可他轉念一想，自己也只見過對方那麼一次，沒辦法確定她是不是真的就不會拿著什麼東西出現。

「對、對，聽說她是提著燈籠……」沒想到一刻會突然出聲，女孩嚇了一跳，她縮著肩膀，結結巴巴地將話繼續說下去，「聽說她最近又、又出現了……我們鄰居小孩的同學的朋友，前幾天就有看到……聽說那名女人戴著面具、提著燈籠，身邊還有紅色的蝴蝶，然後她會問人有沒有願望……大家都叫那個女人是……」

「引路人。」蘇染淡淡地吐出這三個字。

「蘇染，原來妳也知道？」幾名女孩睜大眼睛。

「蘇染？」一刻詫異地看著自己的青梅竹馬，「妳聽過？」

他迅速望向蘇冉，「喂，該不會連你也……」

蘇染和蘇冉沒有馬上回答一刻的問題，他倆的身體隱隱繃得僵直，內心好不容易壓下的不安又再次浮起。

——蛇張開大嘴，準備無情咬下。

引路人，引路人。爲什麼這個應該被遺忘的名字，會再次出現在這座城市裡？

「眞的已經有人看見了？」蘇染不洩露一絲心中動搖地問道，她不想讓一刻知道他們在擔心什麼。

從一刻的態度來看，就能得知他顯然不記得幼時曾見過引路人的事。不，如果不是昨夜的那場夢，蘇染他們也全然遺忘了那段過去的記憶。

「好像不止一個人……」

「除了嫣嫣的鄰居小孩的同學的朋友，好像還有其他人？」

「對吧？那個女生，我記得十一班的那個女生，她曾在部落格上說她的朋友看過……我和她一起補習，引路人也是她告訴我的。」

「對對對，她的部落格在我們學校還滿紅的，常常會討論些不可思議的神祕事件！」

幾名女孩妳一言我一語地熱烈討論，似乎忘了一刻就在身邊。

一刻的眉頭在聽見一堆「好像」時越皺越緊，但是當他聽到「十一班的那個女生」時，不禁怔愣了一下。不是從朋友的朋友那兒聽來的？而是朋友眞的見過？

「十一班的女生叫什麼名字？」蘇染同樣也沒漏掉這個重要線索，藍眼冷靜犀利。

「叫林什麼的……欸，妳們也幫我想一下。」

「咦？我怎麼知道妳在說誰？」

「妳知道的啦，她在部落格用的名字是小雪，她超喜歡都市傳說的！」

「喔喔！小雪我知道，不過本名是什麼啊？唔，是林什麼呢……一下子想不起來……」

面對陷入苦惱的女孩們，一刻咋下舌，覺得還不如直接到十一班找人比較快。

不過出乎意料地，下一秒，一個完整的人名就這麼被吐露了出來。

「林雪依。」蘇染推扶了一下鏡架，「一年十一班，二十八號。」

「靠！妳還眞的知道？」一刻瞠目結舌，「蘇染，別跟我說妳連人家的祖宗十八代都背得出來。」

「我對一刻你以外的人的祖宗十八代完全沒有興趣。」蘇染斬釘截鐵地說。

聽見這番話的女孩們不由得倒抽了一口氣，竊竊私語地說：

「這是另類的告白嗎？」

「這聽起來是很大膽的告白耶！」

「等一下，所以蘇染……眞的假的？」

「騙人！」

「那妳怎麼連人家的座號都背得出……算了，我不想知道。」一刻壓根沒理會幾名女孩吱吱喳喳地在說什麼，他緊皺著眉，思索著是要現在就去找那名叫林雪依的女孩，還是等下節課再去找，但是十分鐘的下課時間似乎短得很難問出什麼。

不，前提是對方願意說，而不是一見到自己就嚇得像要昏倒。還是說，找夏墨河幫忙？一刻想起自己另一名神使同伴，同樣就讀利英高中，雖然是美少年，卻有著中度女裝癖，對人際關係相當拿手，擅長從其他人身上問得情報。

只是，如果要找他幫忙，就要先將那名神祕主使者的事說出來。而蘇染、蘇冉要是知道自己有事瞞著他們……操！怎麼那麼麻煩！

一刻幾乎想拿自己的頭去撞旁邊的窗框了。

蘇染朝幾名女孩揮揮手，表示她們可以不用再留在這兒。待她們如獲大赦般鳥獸散後，蘇染望向與自己外貌相似的蘇冉，無聲地以眼神交流。

——被忽視了。

——被忽視得很徹底。

——所以這樣果然還不夠有力？

——下次換「我想每天替你準備三餐」如何？雖然一刻替我們準備的機率比較高。

——同感，我會再想新方法的。

姊弟倆的交流結束。

「一刻，中午再去十一班，他們接下來的課不在教室上。」蘇染輕撫了一下垂在肩前的細長髮辮，「別再用那種『我不是人』的眼神看我，我只是把一年級各班的班表和學生姓名、座號背下來而已，二、三年級就只背姓名。」

「媽啦，這樣已經夠不像人了吧？」一刻喃喃地說，隨即提振精神，把注意力放在眼前更重要的事上，「蘇染、蘇冉，在去找林雪依之前，我有事要先……」

「林雪依？十一班的林雪依嗎？你們要找雪依幹嘛？」一張甜美可愛的臉蛋無預警地湊了過來。

「幹幹幹！」沒有防備的一刻結結實實地被嚇了一跳，「蔚可可，妳是專門像鬼一樣聽人壁角的嗎！」

「哇啊！太過分了啦，我哪裡像鬼呀！鬼有我這麼可愛嗎？」蔚可可不滿地瞪圓眼睛，接著忽然一把勾住一刻的手臂，把他拖到一邊，小小聲地說，「欸欸，宮一刻，你不能太花心啦！之前左柚，現在雪依，你不是要跟蘇染還是織女告……」

「告妳去死！」一刻鐵青著本來就不可親的臉，猙獰的神情像要將這名神經根本接錯位置的女孩生吞活剝，「蔚可可，妳的腦袋是裝什麼香蕉芭樂？老子連那個林雪依都沒見……！」

一刻忽然閉上嘴，他瞪著蔚可可，終於留意到一個關鍵點。

雪依，蔚可可直接稱林雪依為雪依。

「妳認識她？」問出這句話的人是蘇染，同時她也靈巧地伸手一拉，將蔚可可勾住一刻的手臂給拉出來。

「爲什麼？妳是交換學生。」蘇冉順勢擋在一刻身前，禁止來自湖水鎮的神使女孩再對一刻毛手毛腳。

「哎？什麼什麼？」蔚可可是個沒心眼的女孩——一刻都覺得說她天兵也不爲過——她沒發覺蘇氏姊弟小動作下暗藏的心思，只是巴巴地眨下眼，似乎困惑蘇冉問的是什麼意思。

「妳是交換學生，爲什麼會認識到十一班的人去？」一刻看不下去，扔出了沒有經過精簡版本的問句。

蔚可可恍然大悟，她露出大大的笑容。

「是在補習認識的嘛！因爲上英文課的時候，雪依剛好就坐在我旁邊啦！」

第二針

這世界眞他媽小得可以。

一刻必須贊同這句話，誰會想到他們要找的林雪依，剛好就是蔚可可在補習班認識的新朋友？

按照蔚可可的說法，十一班的林雪依是個相當喜歡都市傳說的女孩，常在部落格上發表自己的看法，還會引用相當大量的資料，每天都會吸引不少感興趣的人前往瀏覽。

有時候，她也會在利英學生們私下架設的論壇裡貼些關於潭雅市的都市傳說，這些帖子都能引起大家熱烈的討論——一刻還是第一次知道，原來學校有這個地下論壇的存在。

「咦？不會吧？宮一刻你不知道？連我這個交換學生都知道耶！」蔚可可睜大眼，「因爲大家怕老師管太多，所以才設了這個專屬於學生的論壇出來呢！」

「吵死了，那種東西誰會知道啊！」一刻不悅地回瞪一眼，「妳這個交換學生知道才奇怪吧？」

據說網路暱稱是「小雪」的林雪依，在喜歡不可思議事件的愛好者圈子裡小有名氣，不過現實中她是個安安靜靜的女孩，在班上不特別突出。除此之外，她放學後習慣待在教室裡看一會兒書才回家，因此若有事想單獨找她，這個時間點最適合。

一刻挺感謝蔚可可提供的這個情報，不過不代表他就會替她向蔚商白求情，以「參加行動」這個理由來逃避今天放學後的國文補習。

「怎麼這樣？人家也想跟你們一起行動啦！我才不要補什麼習！宮一刻，你太沒良心了！這樣是見死不救、過河拆橋啦！」蔚可可淚眼汪汪，一手抓著教室門框，拚命想抵抗扯著她另一隻手的拉力。

「慢走、不送、再見。」坐在教室內的一刻很乾脆地揮了下手，完全不打算阻止某人押著自家妹妹前往補習班的動作。

眼看蔚可可還在做垂死的掙扎，穿著湖水色制服的高個子少年也失去耐性地沉下臉。

「蔚可可。」蔚商白吐出硬邦邦又挾帶嚴厲警告的聲音，「妳要是繼續在這和我拖拖拉拉的，就別怪我不客氣了。」

「嗚噫！」蔚可可發出短促的哀叫。她不知道別人家兄妹是怎麼相處的，可是當她哥說要不客氣的時候，她的皮就準備要繃緊一點了。

「暴君、暴君！大暴君！」蔚可可乖乖放開抓著門框的手，但嘴上還是不甘心地抱怨著。

「我們先走了。」徹底屏蔽妹妹的聲音，蔚商白沉穩地向一刻點著頭，「需要幫忙可以打電話給我。」

「啊。」一刻朝他擺擺手當作招呼，隨即想起今晚要到他們家過夜的事，「我這邊弄完再聯絡你們，到時看是約哪裡見面。」

「就約南陽大樓嘛！宮一刻，你也來接我下課啦！」蔚可可從兄長身後探出腦袋，「今晚通宵看鬼片喔！」

「妳自己看就可以了。」蔚商白不客氣地壓回那顆腦袋，冷睥一瞥，「走了，遲到的話看妳怎麼辦。」

「遲到的話就乾脆不要上……哇！我亂說的，我亂說的！哥，你別扯我耳朵啦！」

聽著蔚可可的哀號聲越離越遠，一刻搖搖頭，覺得這對兄妹的個性明明南轅北轍，但湊在一起還眞是吵死人——雖然吵的大部分還是蔚可可那丫頭。

「所以，有覺得我們安靜又善體人意嗎？」綁著長辮的纖細人影忽然由教室外走進。

「幹！蘇染妳是想嚇人嗎？」一刻震了一下，扭過頭，惱怒的目光射向站在門口的蘇染，「事情做好了？」

「好了，只是送個教室日誌而已。」蘇染走回自己的座位，將自己的物品收進書包裡。

偌大的教室裡，由於放學時間已過，除了特意留下的一刻和蘇染，沒有其他學生。

一刻想找十一班的林雪依，詢問她更多關於引路人的傳聞。

蘇染在意著昨夜的夢，一刻則是想弄清楚對方到底和那位幕後主使者有沒有關係。

而有關自己在南陽大樓見到那抹漆黑人影的事，一刻最後還是告訴了蘇染與蘇冉。

不能否認，乍知這件事的時候，蘇染有些吃驚，可她幾乎直覺地認定那是不同的兩人，但她沒有將自己的看法透露給一刻，她想隱瞞那個夢。

不知道爲什麼，她就是不願讓一刻回想起來。

夢中那個失去雙親的年幼男孩，眼神蒼白絕望得令人心痛不已。

「蘇染？蘇染？」注意到自己的青梅竹馬明顯分心了，一刻訝異地喊著，「喂，蘇染，妳沒事吧？」

「沒事，我只是在想些事。」蘇染飛快地拉回心思，冷靜的語氣未變，完美地隱藏自己的異樣。她趁一刻沒發現的時候，鬆開無意間緊掐掌心的手指，「不過能讓一刻替我擔心，眞是件令人開心的事。」

「啊？妳說誰擔心啊！」一刻惱羞成怒地站了起來，「老子才不是……幹，我是擔心行了吧？妳很煩耶。」

說到最後，反倒是一刻自己像負氣般又坐了回去，托著下巴別過臉，不想看蘇染那張揚著笑的清麗面孔。

「我眞的是……高興死了。」蘇染輕喃地說著，在一刻覺得有說話聲而狐疑地轉過頭時，她推扶著鏡架，臉上的表情看不出任何異樣，「等蘇冉過來，我們就走吧。」

幾乎話聲剛落，那抹身影就出現在教室外。

戴著耳機的藍眼少年提著書包，對教室內的兩人點頭示意。

「可以走了。」一刻精神一振，咧出野蠻的笑容，眼神裡閃動戾光，看起來興奮不已。

蘇染伸手搭上一刻的肩膀，待白髮少年回過頭，她說：「一刻，我們不是去打架，我們是去找一個叫林雪依的女孩子問問題。」

「……啊。」

□

十一班的教室位在一年級大樓的最高一層。

放學時間，走廊上和樓梯間空無一人，各班教室的門窗也都上了鎖，整棟大樓靜悄悄的，被傍晚的夕陽光輝籠罩著，染成橙金色的色調。

蘇染和蘇冉比平時還要更缺乏表情，他們並不喜歡此刻映上大樓的顏色，這讓他們想起那個在夢裡見到的單一色彩世界。

昏黃色的天空，昏黃色的小巷，艷麗得刺眼的鮮紅從一角滑了出來。

「十一班在那裡，還真的沒關。」一刻眼尖，即使人在走廊，還是能看清尾端教室的門窗是敞開的。他下意識大步上前，可是剛走了幾步，猛地停下轉回頭，眼眸銳利異常地盯著落於自己後方的雙胞胎。

白髮少年的臉孔繃緊，「你們沒事？你們他X的眞的沒事？別以爲我看不出來有問題，蘇染、蘇冉，不想老子動用武力逼問就老實說出來！」

「既然如此，」面對那像是能把人扎穿，更能嚇哭小孩子的可怕眼神，蘇染淡淡地吐了口氣，自然地流露出「我也不得不說」的氣氛，「一刻，你喜歡矇眼綑綁還是制服PLAY？」

「……啊？」對方說出的話超出一刻所能想像，他瞠目結舌，只能瞪著一臉嚴肅認眞的美少女。

「你知道的。」蘇染繼續嚴肅認眞地說，「當神使當久了，刺激的事情也接觸多了……一刻，我只是在想你以後在交往上，是不是也會走上重口味之路？」

「重妳去死！妳全家才重口味！」一刻大怒，直接比了一記中指送給蘇染。他明明是在擔心，結果她想的是這種該打上馬賽克的〇〇ＸＸ嗎？「幹恁娘咧！誰會喜歡那種東西啊！重口味的根本就是你們的腦袋吧！」

「抗議，我很正直。」蘇冉義正辭嚴地替自己提出申訴。

「直你老木！」一刻則是冷酷地回了這四個字，瞥見蘇染居然想掏出那本不離身的黑色小冊子記錄什麼，他危險地瞇起眼。

正當他要警告蘇染別寫下一些莫名其妙的東西，蘇染忽然「啪」地一聲闔上小冊子。

「一刻。」蘇染一如往常地平淡冷靜，「你後面。」

他後面？他後面怎麼了？別跟他說是織女、喜鵲跑來，或是出現什麼亂七八糟的東西。

抱持著莫大的狐疑，一刻轉過頭去，然後他忍不住懊惱地咋了下舌。

不是織女，當然也不是喜鵲，更沒有出現妖魔鬼怪亂七八糟的東西。

走廊末端的教室門口，正站著一名目瞪口呆的女孩，對方懷中還抱著一本寫上「都市傳說」四個字的黑皮書籍。

就算不用說，一刻也知道她是誰了——

那就是他們要找的林雪依。

對於自己在校內惡名昭彰的名聲，一刻很有自知之明。

他知道大部分學生見到他會退避三舍，更不用說女孩子總是露出驚嚇到快哭出來的表情。因此在來十一班找林雪依這件事上，他原本想交給蘇氏姊弟處理，自己就安靜地待在一旁，以免他一開口，反倒使得對方嚇到說不出話。

可是人算往往不如天算。

一刻怎樣也沒想到，在正式和林雪依接觸前，就先讓對方見到自己大怒的模樣。

「幹，別跟我說她會嚇哭……」看著傻在原地的女孩，一刻煩躁地耙著白髮。然而大出他意料之外，那名抱著書的女孩雖是一臉震驚地看看蘇染、蘇冉，再望向一刻，可接著從她嘴裡吐出了聲音，只不過距離太遠聽不清楚，唯一能確定的，那並不是驚恐或畏懼的尖叫。

「『蘇染？蘇冉？宮一刻？難道說……是那個宮一刻？』這是林雪依說的。」蘇冉靜靜地在一刻身邊說。即使他戴著耳機，耳機裡還播放著音樂，他依然有辦法聽見一般人無法聽見的聲音——因爲蘇冉天生就「聽得到」，他的靈感顯現在聽力上。

而蘇染則是「看得到」，她能看見常人無法視得之物。

「那個宮一刻……？啥鬼？這裡還有哪個宮一刻嗎？」一刻皺緊眉頭，無法明白另一端女孩的反應。

「她的意思，感覺起來比較像她認識我們。」蘇染若有所思地低語。

一刻聞言一愣，他對「林雪依」這名字全然沒印象，更遑論曾見過那張臉。

一刻等人還沒有進一步的動作，反倒林雪依率先小跑步了過來。

褪去震驚表情的她外表文靜秀氣，長髮分綁成兩束垂在肩前、戴著圓框眼鏡，兩頰和鼻頭有些淺淺的雀斑。她似乎極少運動，才跑了一小段距離就微喘著氣，雙頰泛紅。

林雪依在一刻他們面前站定，深呼吸幾次，接著才露出害羞又略帶驚喜的笑，「蘇染、蘇冉，你們還記得我嗎？我是林雪依，以前幼稚園跟你們同班的林雪依。」

「幼稚園？同班？」一刻大吃一驚，壓根沒想到事情突然急轉，「喂喂，眞的假的？」

「宮一刻……」林雪依望向一刻，像是感到緊張般舔舔唇，「那個……你是以前唸星星班的那個宮一刻嗎？你現在染成白髮，我認不太出來，不過我記得你們三個以前都是一起行動的……我那時候也常常看見你。」

一刻僵著一張臉，沒料到對方也認識自己，但他對眼前的女孩子確實毫無印象。他暗中丟了個眼色給蘇染，但令人驚訝的是，素來對人事物——尤其是牽扯到一刻的人事物——過目不忘的蘇染，卻是用著如同見到陌生人的眼神回視著林雪依。

「抱歉，我沒什麼印象。」蘇染淡淡地說，「不過能在高中又遇見幼稚園同學，的確很巧。」

「我也覺得好巧。」林雪依秀氣地笑起，臉上的神情有絲靦腆，「雖然唸同一所高中，但十一班和六班隔太遠了，沒碰到就不會剛好想起來。蘇染，你們很厲害哪，在學校裡是有名人物，我……啊！抱歉，等我一下！」

突然在走廊上迴盪的手機鈴聲，讓林雪依驚覺到自己的手機響了，她連忙道個歉，急急跑回教室接聽。

「妳眞的不記得了？」待林雪依的身影消失在視野內，一刻揚起眉，瞥視蘇染一眼。

「完全不記得。」蘇染平靜地說，「我猜，是因爲年幼的我下意識將全幼稚園的女性都當成情敵，才會特意不記下她們的情報。現在想想，當年的我眞的是太意氣用事了，應該要像現在一樣，把她們的身家資料都背下來，說不定哪天會派上用場。」

「……幸好妳沒這麼做。」一刻嚴肅地按上蘇染的肩膀，「拜託讓我對『小孩子的妳是天眞無邪的』這件事上，繼續抱持著一絲幻想。」

「一刻。」換蘇冉拍上他的肩膀，「不可能的，你知道。不過小孩子的我，就眞的是貨眞價實的天眞無邪。」

「屁，最好我會信啦。」一刻沒好氣地拍開那隻手，給了姊弟倆各一記白眼，「行了，別浪費時間，趕快把我們想知道的事問一問。既然是幼稚園同學，應該就好問……」

一刻忽地咋了下舌，沒想到這時候尿意襲上，他直接拋下一句「你們問，我去上廁所」後，便趕緊邁步走向在走廊盡頭的男廁，只是身後尾隨而來的腳步聲令他黑了一張臉。

「給我聽好了。」一刻猛然轉身，怒視著眞的跟過來的孿生姊弟，青筋在額角躍動，他的食指大力指向十一班教室，「去給我問清楚，別連老子上廁所都死跟著不放！讓我尿個尿是會死嗎？我又不會在廁所裡消失。好了，蘇染、蘇冉，要是一路跟進來，就別怪我翻臉了！」

這番警告顯然起了一定的效果，兩雙淺藍的眸子直直瞅著一刻，然後兩雙藍眸的主人同時刻意地嘆了一口失落的氣。

一刻的青筋爆得更明顯，不過蘇染和蘇冉總算是折返走回十一班，他抹了把臉，慶幸著還好上廁所不用被人圍觀，基本的羞恥心他還是有的。

只是一刻剛上完廁所、洗好手，正要舉步走出時，腳邊忽然踢到一個物體。他納悶地低下頭，發現躺在磁磚地板上的居然是個小熊吊飾。

最特別的是，這隻小熊的身上還綁著繃帶。

一刻大吃一驚，「繃帶小熊？這裡怎麼……我剛剛明明沒見到這玩意……」

嘴上嘀咕著，一刻還是忍不住蹲下把它撿起。

這名白髮少年行止粗暴，但心裡對可愛的東西卻毫無抵抗力，尤其是眼前的繃帶小熊，是他最喜歡的食玩系列。

雖然同款式的他已經有了，但既然無端掉了一隻在他眼前，他又怎麼可能不伸手。

撿了第一隻，一刻緊接著就發現第二隻、第三隻，不同造型的繃帶小熊一路往廁所的某個方向延伸。

如果是平常，一刻會發覺這狀況擺明有異常，但繃帶小熊的魅力太強大了，使得他無法留意周遭。

當他撿起視野內的最後一隻繃帶小熊，同時也進到了男廁底端的隔間裡。

一刻瞬間回過神，終於發現不對勁，反射性地想退出隔間。

但某個擱置在馬桶水箱上的東西，卻又拉住了他的腳步。那是一封用粉紅色信封裝著的信，上頭還以娟秀的字跡寫著一刻的名字。

一刻還不至於認為那會是一封情書——有誰會把情書放在馬桶水箱上，還像撒餌似地丟了那麼多繃帶小熊。

等等，繃帶小熊？一刻心裡驀然觸動了什麼，他認識的人都知道他喜歡可愛的東西，可真正知道他對繃帶小熊系列情有獨鍾的人卻不多。

難道說……

沒有多想，一刻立即抓起信，稍嫌粗暴地撕開信封，抽出裡面的信紙看。

信紙上沒寫太多東西，只是簡單地對一刻提出了邀約，希望能在今天下午五點四十分，在東明路上的瑪奇朵咖啡館單獨見面。

信件末端的署名是——左柚。

乍見那個名字，一刻不由自主地屏住呼吸，那張纖柔的臉蛋再度從心底浮現出來。

左柚、左柚，他有太多疑問想問那名妖狐少女。她和牛郎是什麼關係？真的只是單純的網友？牛郎不待在天界，卻要下凡和她見面的原因又是什麼？

不管是什麼原因，不准是最糟的那個，拜託不要是最糟的那一個，否則織女她——

「一刻，廁所還沒上完？」

突如其來的問句驚得一刻一震，他反射性將信捏成一團，飛快塞進口袋內，這才轉過身。

隔間外站著蘇冉。

戴著耳機的俊美少年似乎沒發現他藏信的小動作，藍眼珠含帶一絲詢問意味地望著他，像在等待他的回答。

「已經好了，你怎麼跑到這裡來？蘇染該不會也進來了？」一刻皺著眉說道：「我不是說了……」

「蘇染在外面。問得差不多了，林雪依說那些是網友告訴她的，但她有研究引路人的傳聞。」蘇冉說，眼角還是瞄見了一刻的口袋露出一小角粉紅色，「一刻，那是？」

「沒什麼，就只是紙而已。」一刻匆匆地帶過，不是沒注意到蘇冉不太相信地瞇細眼，但是左柚約他單獨見面的事，他暫時不想讓任何人知道。

裝作什麼事也沒發生地越過蘇冉，一刻掏出手機，瞥了一下上頭的時間——

距離左柚約他見面的時間還有二十五分鐘。

□

關於近日流傳在學生間的引路人傳聞，內容大致是這樣的：

聽說，引路人是一名戴著面具、手中提燈的紅衣女子。她會出現在人少的小巷子，詢問對方有沒有願望，完成願望後，她也會取走代價。

這些仍是稍嫌含糊籠統的描述，是從林雪依口中得來的。

放學返家途中，聽完蘇染的轉述後，一刻認定引路人便是南陽大樓所遇那位主使者的看法，不禁產生了動搖。

紅衣、提燈，這些都和那名宛如由黑暗堆砌而成的人影完全不同。加上引路人是多年前就曾出現在潭雅市的都市傳說，這點和那人影的出現時機更是不符。

「一刻，你說的人和引路人應該不同。」蘇染對此也提出自己的看法，「單是時間點上就有極大的落差。只是……」

「爲什麼引路人的傳聞又出現了？」蘇冉將蘇染的話自動接了下去，雙子的默契使得他自然明白對方的心思。

是的，爲什麼引路人再次出現？這是蘇染和蘇冉最想知道的問題。

引路人的傳聞，十年前就曾在孩子們口中流傳，之後被斷斷續續地提起，最後彷彿遭人遺忘般湮滅在時間的洪流裡。

就連曾親身經歷的蘇氏姊弟，也是因一場夢才再度回想起，更不用說一刻早徹徹底底忘了那兩次經歷。

爲什麼？爲什麼十年後引路人的傳聞再次死灰復燃？她眞的回來了嗎？她是——爲了什麼回來？

蘇染和蘇冉趁一刻未發覺時，快速地對視一眼，在彼此的眼中見到相同的不安。在一刻轉頭看向他們時，兩雙藍眼睛則又回復到平時的平淡。

雖說兩人的言行沒有洩露絲毫蛛絲馬跡，但一刻卻還是擰起眉，眼神銳利地直盯著他們。

「你們兩個，真的沒瞞我什麼？」他揚高眉梢，總覺得今日的他們真的有絲不對勁。

「沒有。」蘇冉率先搖頭。

「也沒有。」蘇染也說，接著她輕易地轉移了一刻的注意力，「一刻，引路人的事，你還要查嗎？」

「查。」一刻沒有遲疑，果斷地說出自己的答案，「不管引路人到底是什麼，她會出現在人少的巷子裡……莉奈姊下班時路上通常都沒什麼人了，別開玩笑，萬一被她碰上還得了？」

「了解，我們會先擬定計畫。」蘇染點頭，「一刻，在計畫好之前你不可以貿然行動。」

「貿然行動的話，蘇染會半夜闖進你的房間盯梢。」蘇冉的語氣正經得一點也不像是開玩笑，實際上他的確也不是，「我也會。」

「幹，你們兩個今天盯梢一整天還不夠嗎？」一刻咋舌，「說得你們好像從沒做過這種事一樣……知道了，我知道了，老子不會亂來行了吧？不要再用小狗眼神盯著人瞧！」

對於好友的回應，藍眼少年和藍眼少女都相當滿意。

看著兩人眼裡的淺淡笑意，一刻則是默默地在心裡咒罵了他所知道的髒話一輪。學校也盯，放學後也盯，這兩個是真的打定主意當牢頭不成？他可不打算當整日的犯人。

一見到自個兒的家就在前方轉角，一刻立刻驅趕般朝蘇染他們揮揮手，「我家到了，你們也可以趕快回去了。喂喂，沒聽到嗎？我可是連放學都讓你們送了……我明明說過要盯、要跟只限學校吧？好了，蘇染、蘇冉，快回家去，不准守在我家門口，否則眞的翻桌給你們看！」

面對白髮少年沉下臉的警告，蘇氏姊弟也清楚，再進逼得過分的話，對方就要像被踩到尾巴的野貓炸毛了——雖然他們心裡眞的有閃過「守在門口」這個選項。

覺得自己好像看見兩人的身後有尾巴失落地垂下，一刻還是硬著心腸，表明不讓步。直到蘇染他們眞的轉身離去，他立刻快步跑進家門，迅速奔往自己的房間。

「哎？一刻你——」

連借住家中的黑髮小女孩向他打招呼，也被他擱置一旁。

一刻一衝回房裡，就是開窗探頭向外看。

在巷子口尾端，果然望見兩抹並肩走在一起的人影。

「呼，幸好眞的走了……」一刻鬆口氣。要是蘇染他們再堅持留下，他也不知道能拿他們怎麼辦了。

「什麼走了？誰走了？」敞開的房門口探進一顆黑色小腦袋，小腦袋上赫然還蹲坐著一抹迷你人影。

倘若是一般人看見這幕，少不了瞠目結舌，以爲自己眼花看錯，畢竟這世上怎麼可能會有背後長著翅膀的巴掌大小人？

然而一刻的態度鎮靜，頂多是對黑髮小女孩大剌剌地走進房裡，還爬到他書桌上坐下來的行爲頗有微詞。

「不要把桌子當椅子用，給我下來，織女。」一刻警告，目光凶狠。

「不、要。」織女漾開甜甜的笑，很乾脆地給了一個否決的答案。她早就習慣那些嚇人的眼神，也摸清一刻大部分時候都是刀子口豆腐心，「妾身就是喜歡這個特等席哪。」

這名吐出奇怪自稱的小女孩，就是賦予一刻神力的織女，目前以「妹妹」的名義寄住在這個家；而在她頭頂上，已經由坐姿改成趴姿，理都不理一刻的迷你少女則是喜鵲。

這兩位理應只在「牛郎織女」這個神話故事裡出現的人物，在好陣子前闖進一刻的生活，同時也讓他的人生產生了翻天覆地的變化。

獲得神力的一刻成爲神使，肩負著消除名爲「瘴」的妖怪之責，至今已經面臨過多次危險。曾碰上瘴與幽靈融合、瘴依附在衰弱的無名神身上，甚至還遇過被瘴寄宿的四尾妖狐，爆發出激烈的爭鬥。

而在這一連串看似不相關的事件裡，卻是漸漸勾勒出一名神祕人物的存在。

不知眞面目、不知來歷，這神祕人物阻撓一刻他們的行動，彷彿具有某種目的。

可惜到現在，即使是單獨與對方面對面見過一次的一刻，也無從知曉那人的意圖。雖然急於揪出對方的狐狸尾巴，但眼下一刻卻還有另一件更重要的事要優先處理。

那就是——牛郎的出現。

一刻瞥了趴在織女頭上的喜鵲一眼，就像是不想被他抓住問起牛郎的事，喜鵲這幾天全都黏著織女，不讓自己落單。

不過慶幸的是，喜鵲顯然也不打算讓織女得知牛郎出現在潭雅市的事。

「一刻，怎麼啦？你沒聽見妾身剛問你的話嗎？」發現一刻沒反應地不說話，織女睜圓眼睛，訝異地往前揮揮小手，「哈囉，部下三號？回魂唷，回魂唷。」

「回妳老木啦，老子又還沒死！」一刻惡狠狠地給了她一記大白眼。

「噗噗，誰教有人像根木頭一樣，我還以爲眞的死到沒反應了。」喜鵲趴臥著撐起臉，雙腳蹺高，銀鈴般的嗓音卻吐出不客氣的嘲諷。

在織女出聲制止喜鵲的毒舌前，一刻已經俐落地自窗台邊跳下，三兩步就靠近書桌前。不待喜鵲驚覺危險，一隻大掌刹那間攫住了她，強硬的五指形成一個堅固的牢籠。

「放開我，白毛！」喜鵲憤怒地尖聲喊叫，「無禮！下等！你這討厭的人類！」

「喜鵲，妾身說過多次了，不准對妾身的部下語出不遜。」織女這次是眞的板起一張小臉，墨黑的眸子迸發魄力，當中還夾雜著怒意。

「織女大人，我只是……」喜鵲試圖辯解，但緊接著就感到自己被拎高。

「妳想讓織女那丫頭察覺到不對勁就儘管叫。」一刻瞇細凌厲懾人的雙眼，聲音壓低，

「我可不是白痴。妳本來就討厭我，不過從那一天後，態度似乎更不加掩飾。不對，妳不是討厭我，妳討厭的其實是人……」

「吵死了，白毛，不要像隻粗魯的野獸在那吠叫。」喜鵲迅速地藏起任何會被懷疑的情緒，裝出天真無辜的笑臉，古靈精怪的眼睛眨呀眨的，她宛如歌唱地說：「那一天？你說的是哪一天？我可不知道你在說什麼。」

一刻的眼裡閃過陰沉，怎會不明白喜鵲同樣也是吃定他不敢讓織女得知牛郎下凡的事。沒有回信，卻出現在潭雅市，似乎還和左柚關係密切……這些事情，是斷不能讓一心一意愛著牛郎的織女知道的！

「一刻？部下三號？小一刻？」織女跳下桌子，仰著小臉蛋，眼巴巴地望著特意壓低聲音的白髮少年。

「別學莉奈姊那樣叫我。」一刻將喜鵲扔向床鋪，無視那名細辮子少女的氣憤眼神，他大力地揉亂織女的頭髮，「人家莉奈姊大我十多歲沒話講，妳一個小鬼叫什麼『小一刻』？」

「欸？妾身的年紀可是比莉奈大上太多了。一刻，你可不要忘記妾身是誰。」織女挺出小胸膛，手指用力地戳著一刻。

一刻確實老是忘記面前的小蘿莉是貨真價實年紀破千的神。

「哪哪，一刻，你剛跟喜鵲說什麼？你也還沒回答妾身的問題。」織女不滿地噘起小嘴，雙手環胸，下巴仰高，全身上下散發著「不准排擠妾身，妾身也會寂寞」的氣息。

「也沒說什麼，只是叫喜鵲不准偷吃我藏起來的焦糖布丁。」一刻裝作沒看見飛回織女身邊的喜鵲給了他一記嘲笑的眼神。

「焦糖布丁？」織女佯怒的表情頓時掛不住，小臉放光，她立即轉過身，忙不迭地追問，「在哪在哪？布丁在哪？妾身今天有找到草莓泡芙，可是就是沒見到布丁呢！」

「靠！那泡芙是我留下來要吃的，妳沒吃掉吧？告訴我妳沒……算了，當我沒問。」一見到織女無辜的笑容後，一刻就清楚那顆泡芙絕對是凶多吉少。他自暴自棄地耙耙白髮，放棄追問泡芙的下落，反正百分之百是在織女那丫頭的肥肚子裡。

「啊！你剛想了很失禮的事對不對？你想了對不對？」織女氣惱地跺下腳，「太過分了，一刻！你絕對是想了，不要以爲妾身沒發現你瞄了妾身的肚子！告訴你，妾身是怎麼吃都不會胖的，是天界公認的超完美身材，凹凸有致！」

「現在只是個分不清屁股和胸部的洗衣板蘿莉。」一刻冷酷無情地指出事實。

織女大受打擊。

「別杵在我房裡當雕像。」一刻彈了織女的額頭，「幫我一個忙，我就告訴妳焦糖布丁藏在哪裡，明天再帶一個桶裝布丁回來給妳。」

「什麼？眞的？沒有騙妾身？」織女馬上從打擊中回復精神，滿心期待地瞅著一刻，「欺騙妾身的話，妾身可是會將小染告訴妾身的那些糗事，當然是一刻你的糗事，不小心地洩露給別人知道喔！」

「靠杯啦，蘇染到底是跟妳說了什……慢著，所以我洗澡的時間就是被妳拿出去換這些事嗎？」一刻霍然想通地瞪大眼。

「妾身不知道你在說什麼唷。」織女雙手揹後，眼神飄向旁邊。

她知道，她絕對、絕對知道！一刻瞪著擺出天真姿態的小女孩，半晌後吐出一口氣，姑且跳過這部分的話題。

擺在床頭上的鬧鐘顯示出距離左柚的邀約還剩十五分。

「這個也算了。聽好了，我現在要出去一趟，晚點回來，雖然回來後又要出門，不過這不是重點。」

「那重點是？」織女好奇地看著白髮少年從書包裡翻出鑰匙、手機、錢包，再抓了一件外套穿上。

「重點是我出門的時候，萬一蘇染他們打電話給妳，問我在幹嘛，就說我在睡覺。」完成出門準備的一刻嚴肅地說。

「哎？」織女詫異地拉高音，這並不是什麼辦不到的事，但實在太奇怪了，「一刻、一刻，你們吵架了？」

「沒有，沒有吵架。」一刻翻了下白眼，但知道自己沒說出理由的話，織女一定會打破砂鍋問到底。

「那就是鬧內鬨了。噗噗，有人內鬨了。」喜鵲輕聲咯笑。

一刻冷笑，抽起一張衛生紙揉成球就往喜鵲扔砸過去。

巴掌大的人影跌下，暫時也沒了聲音。

「那兩個傢伙的生日快到了，我要買禮物送他們。」一刻胡亂地編了個理由。

「妾身明白了，一刻你是要給小染和阿冉驚喜對吧？」織女眞的相信了，她恍然大悟地擊下掌，隨即自信滿滿地挺起胸，「沒問題，就交給妾身吧！既然一刻你都這麼誠心誠意地拜託了，妾身也是體貼人的上司，看在那些布丁的份上，一定會幫你的！」

……結果根本是爲了布丁嘛。一刻將吐槽嚥下，確定織女的大眼閃閃，寫滿「交給妾身，一切沒問題」，他先交代布丁的位置，再走到窗前東張西望了一下，然後直接將窗當門，動作靈活俐落地翻爬下去。

朝人已經在圍牆外的白髮少年揮揮手，織女興高采烈地下樓，準備尋找焦糖布丁的蹤跡。

只不過剛溜到廚房沒多久，隨身攜帶的黑莓機就傳出了響亮的手機鈴聲。

「啊咧？還眞的是小染耶！」織女吃驚地看著來電，顯然有些佩服一刻的料事如神。她接起手機，「喂喂，小染嗎？哎，阿冉也在旁邊？找妾身有什麼事嗎？」

當手機另一端傳達出打電話過來的原因後，細眉大眼的黑髮小女孩笑咪咪地這麼回答了。

「一刻？一刻他說要研究昨天買的《寫情書的一百種方法》，就把妾身給趕出房間了，不准任何人吵他呢！」

第三針

「哈啾！」

毫無來由地，人正在公車上的白髮少年打了一個噴嚏。

揉揉鼻子，一刻狐疑地東張西望，莫名覺得有人在背後偷偷說他壞話，該不會是織女那丫頭又亂說什麼了吧？

一刻的表情頓時變得凶狠，不過很快又放鬆。不對，有布丁這個強力誘餌在，織女絕對會大力配合的！

越想越覺得是自己想太多，一刻放下心來，等著公車駛向東明路，渾然沒發現他方才的表情變化，使得周遭本來就忌憚他的乘客更是感到一陣提心吊膽，就怕這名全身上下都昭示著「不良」的少年會突然惹事生非。

白髮、掛在雙耳的多個耳環，還有一雙凶戾嚇人的眼睛──怎麼看都是個危險分子！

並不在意周身變得愈發空曠，一刻抓著吊環，不停地瞄著手機時間和窗外景色。

不知道是不是今天運氣特別不好，平常只要五、六分鐘就能到達的車程，卻因爲沿路紅燈頻仍加上堵車，使得時間已經拉長至十分鐘。

眼見和左柚約定的時間將近，一刻心中湧起焦急，抓著吊環的手臂收緊，一張臉更是布滿陰霾，就怕晚了幾分鐘對方便會先行離去，因而錯失詢問的大好機會。

或許是感到背後傳來某種無形壓力，公車司機也忍不住直冒冷汗，紅燈一轉綠，馬上火速衝出，終於，公車在位在東明路的站牌前停下了。

一刻三步併作兩步衝下車，還沒找到瑪奇朵咖啡館的招牌，就先見到在對面人行道上佇立著一名褐金長髮的少女。柔美的臉蛋和楚楚可憐的氣質格外引人注目，還可以瞧見有男性停步向她搭訕。

左柚，眞的是左柚。

乍見那抹纖細人影的瞬間，一刻就像出了神，呆立在原地。

褐金長髮少女一開始還未發現一刻的存在，她一臉爲難與不安，似乎正在拒絕面前男性的搭訕，但緊接著，她就從眼角餘光捕捉到對街熟悉的身影。

「宮同學……宮同學！」左柚白皙的臉蛋綻出欣喜的笑靨，連忙朝一刻的方向大力揮手。

被忽視的男人頓時心生不悅，可是當他見到從對面走過來的白髮少年時，立刻拋棄了搭訕之心，像條落敗野狗般灰溜溜地逃了，怎樣也不敢和那名外表凶暴的少年正面對上。

「宮同學！」左柚趕緊向一刻迎上，翦翦水眸隱泛霧氣，「我好高興……沒想到你眞的願意來……」

「妳……妳不是都要我過來了，我幹嘛不過來？」一刻的態度有些不自在。好幾天沒見到左柚，加上又牽扯到牛郎的事，使他一時間不知該如何面對她。

「的確是這樣，但我本來……本來眞的擔心你不願意單獨和我見面……」似乎沒發覺一刻的不自在，左柚主動熱切地拉著他的手，「我有很重要的事想跟你說，可是只能跟你說。爲了避免被宮同學身邊的人發現，只好用那種方法……眞不好意思，偷偷地在廁所放了那封信……因、因爲我怕你朋友會聽到我們說話的聲音，你有一位朋友『聽得到』，對吧？」

她說的是蘇冉吧？怪不得她會用那樣的方法……咦？等一下。一刻的思緒短暫地中斷了一會兒，直到這時才醒悟過來，左柚說的「那種方法」，涉及到一個很嚴重的問題。

靠靠靠靠靠！也就是說她在他上廁所的時候，偷偷潛到他的背後，再無聲無息地放了那些誘餌嗎!?我操！他沒被看光吧？他沒被人看光光吧！

一刻的臉色青白交錯，但還沒做足心理建設丟出疑問，左柚已經拉著他，進了作爲會面地點的瑪奇朵咖啡館裡。

褐金長髮的美麗少女加上氣勢凶暴的白髮少年，這個突兀的組合頓時招來店內其他人的注目。

不過，幸好咖啡館內的座位之間都有隔板，設置成半開放的包廂型態，因此一回到左柚原本坐的位子上，那些好奇和窺探參半的視線也跟著消滅大半。

但從一開始，一刻根本就沒在意過那些視線。他站在桌前，即使左柚已經落坐，他仍舊直挺挺地不動。

「那個，宮同學？」見到一刻仍然站著，左柚遲疑地望著他，「你不喜歡這種店嗎？還、還是我……」

說著，左柚又慌慌張張地站了起來，似乎眞的打算另尋談話地點。

「我沒有不喜歡！」一刻低喝一聲。如同在忍耐什麼的緊繃聲音，讓左柚反射性僵著身子，停止了動作。他閉上眼，告訴自己要冷靜一點，別嚇到左柚。

——見鬼了，他怎麼可能冷靜！

「爲什麼他會在這裡？」一刻咬牙切齒地說，雙眼像要噴出火，「爲什麼這傢伙該死的會在這裡！」

「咦？咦？」左柚卻像不明白眼下的情況有哪裡不對勁，緊張又慌亂地看看面前的一刻，再看看身邊的座位。

在左柚身邊的位子上，還坐著一名身穿筆挺西裝的男人。一雙桃花眼風流勾人，魅力四射，讓原本就英俊的容貌更是格外搶眼。

男人的外表引得鄰近座位的女客頻頻往這兒看來，可是當一刻戾氣逼人的目光一甩射出去，頓時駭得連想藉口加水的服務生也不敢再走過來。

一刻才不管自己的表情會不會嚇到人，他現在只想弄清楚一件事——那個傢伙，那個叫牛郎的渾蛋爲什麼也出現在這個地方！

「宮同學，有、有什麼不對勁嗎？」左柚怯怯地問，「我是想讓你和……」

「左柚，妳先坐下。是我拜託妳做這件事的，妳沒什麼不對。」牛郎開口了，低沉溫柔的嗓音散發著某種獨特魅力。待左柚不安地坐下後，他看向鐵青著一張臉的白髮少年，「一刻，我可以這樣叫你嗎？一刻，你也先坐下好嗎？」

連反駁的機會都沒有，一刻只能瞪著理所當然親密喊著自己的男人。對方掛著溫柔的笑，眞誠的眼神一瞬也不瞬地注視著他。

覺得自己再固執站著不動，對比下來就眞的像是個鬧脾氣的小鬼，一刻冷著臉，心不甘情不願地重重坐了下來。

「宮同學，你要喝點什麼嗎？」見到一刻總算坐下，左柚鬆口氣，「這裡的玫瑰拿鐵很推薦喔！」

「卡布奇諾我個人也覺得不錯。」牛郎攤開菜單，接連指了好幾種食物，「還有這個、這個，手工餅乾和黑糖麵包也都是推薦單品，要不都點來試試看好了。這餐由我買單，請不要客氣。」

「什……」

「還是你喜歡鬆餅？啊，我居然粗心到忘了現在是幾點！」牛郎像是懊惱自己遲鈍般拍著額，「這種時候一刻你應該餓了吧？那還是先點正餐，再吃我剛說的那些點心好了。」

「牛郎先生，這眞是好主意呢。」左柚欣喜地說，「但是這餐也請讓我出一半，我也想請宮同學吃飯。」

「等一……」

「那怎麼行呢？付帳的事就交給大人。左柚，妳也多點一些妳想吃的沒關係。」

「我這杯飲料就很夠了，主要是宮同學能吃飽。牛郎先生，你忘記我可是四百歲的妖狐了嗎？年紀也是大人了呀！」

「但是比起我來還是差了一大截，所以你們兩位小朋友就……」

「等一下……我說等一下，你們他媽的是沒聽到人說話嗎！」一再被人忽視意見的一刻忍無可忍地一拍桌。

這下子，不止對面的兩人錯愕地噤了聲，整個咖啡館內霎時也變得死寂，只剩悠揚的音樂繼續播放。

「客、客人，請問怎麼了嗎？」附近的服務生慘白著一張臉跑過來關切。

「不，沒事，什麼事都沒有，謝謝妳的關心。」率先給出回應的是牛郎，他朝服務生露出一抹親切的笑，頓時使那名年輕女孩忘了驚慌，臉紅心跳地走了開來。

「……抱歉。」一刻抹了一把臉，知道自己反應太大。姑且不管他對牛郎的觀感如何，牛郎和左柚表現出來的都是對自己的好意——雖然這份好意幾乎令人招架不住。

「沒關係、沒關係，有活力是好事呢。」牛郎絲毫不以爲忤地笑著說，桃花眼瞇得彎彎的，「一刻，我聽左柚提過，你也喜歡綳帶小熊系列嗎？真的好巧，我也很喜歡那個系列呢。最近我得到兩隻一模一樣的小熊，如果你還沒有這款，一隻送你好嗎？」

當牛郎拿出他口中說的綳帶小熊，一刻不禁瞠大眼，「夢幻版……這是號稱夢幻版的綳帶小熊！我本來也有，但那隻上次被一隻鬼給踩壞了……」

「所以你剛好沒這款的？太好了，還請你就不客氣地收下吧。」牛郎眉開眼笑地將桌上的小熊吊飾推向前。

一刻幾乎要抵抗不了誘惑地收下，但是手指在碰到小熊前，他又猛地收回手。

不對，現在可不是注意綳帶小熊的時候，就算那隻小熊再可愛、再可愛也不行！

一刻心浮氣躁地胡亂耙著髮絲，強迫自己不要死盯著桌面不放。他覺得現在的狀況也太古怪了，他和牛郎那傢伙是初次見面，但對方的態度會不會太熱絡了一點？

因爲他想要自己對織女隱瞞他下凡的事嗎？還是他要自己替他多說一些好話？諸多念頭在腦海裡亂竄，也讓一刻的表情越來越陰晴不定。最後他抓起旁邊的水杯一口飲盡，再重重地將杯子放下。

「我不餓也不用點東西吃，先回答我的問題！」一刻眼神銳利，劈頭就是這麼一句，「爲什麼你會在這裡？」

「我沒辦法告訴你。」牛郎並沒有因爲少年銳利如刀的目光就退怯，他沉穩地回視，「是我拜託左柚約你出來的，一刻，我一直想向你道謝，織女受到你的照顧了。」

語畢，牛郎挺直背，鄭重地低頭致謝。

面對對方的慎重態度，一刻卻是感到不自在，他不習慣被人如此對待。

「那種事……根本沒什麼大不了。」他含糊地咕噥，內心則是懊惱著自己的氣勢居然因為這樣就輕易地削弱下去。他收緊下巴，看著坐在對面的男人和少女，一句「你們到底是什麼關係」不知怎地就是問不出來。

「除了我到人界來的原因，其他問題你可以儘管問，一刻。」牛郎似乎看穿一刻的猶豫，善解人意地主動提起話題，「不過織女的三圍什麼的，就算是你，我也絕不會回答的呢。」

「放屁！誰會想知道那小鬼的……」一刻反射性吐槽，可在瞧見牛郎微笑的表情後，剩下的句子頓時嚥下了。

有著一雙桃花眼的鬈髮男人還是笑咪咪的，然而眼底深處卻凝著堅冷，明白地彰示著他並不是在開玩笑。

「哎，如果換作其他男人敢問這種問題，我是會不客氣的……其實也不會眞的做出什麼事。」牛郎優雅地將雙手交握。

一刻卻不相信這句話。最好不會做出什麼事，眼前這個男人……骨子裡和江言一根本是同一類型。

單從這簡單的幾句話，一刻就可以看出牛郎對織女的情感，他忽然覺得自己或許不用太過在意牛郎和左柚之間的關係了。

「你要到潭雅做什麼那是你的事，我也沒興趣管。」一刻直直地望著牛郎，「我只有一個問題要問你，爲什麼你他媽的連織女的信也不回就跑到這裡？就算你眞有什麼重要的事，先回封信是會死嗎？混帳，織女那小鬼一直在等你的信啊！」

牛郎愣住了，他瞪著一刻，然後茫然地搖搖頭，「等一下、等一下……爲什麼我聽不懂你的意思？一刻，你說我……」

「你沒收信也沒回信。」一刻冷著聲音說，眼神毫不掩飾地透出指責。

「……不對。」牛郎說，隨即用銳利異常的目光盯住一刻，他一字一字慢慢說道：「我回信了，我有收到信也有回信。我確實將信託給喜鵲，請她轉交給織女。」

「不可能！喜鵲分明說她等不到……」一刻的聲音在看見牛郎從西裝口袋內取出一張被細心摺疊起來的紙後，登時戛然而止。他睜大眼，當紙張被攤開，曾見過那密碼似的圖案躍入眼裡。

「喜鵲那時還跟我說，織女是在一所名叫『思薇』的學校特地寫信給我的。」牛郎溫柔地撫著信紙邊緣。

當「思薇」兩字出現，一刻的瞳孔收縮，喉嚨像被緊緊絞住，最後只能發出一個抽氣聲。

織女確實是在思薇女中寫信給牛郎，這種事，除了親眼見到或是從當時在場者那兒聽到之外，是不可能會知道的。

而能夠告訴他這件事的，也只有那麼一位。

一刻被巨大的震驚衝擊得腦海一片空白，他死死瞪著信，只覺頭頂像有桶冰水澆淋下來。

喜鵲說她等不到牛郎歸來，只能把信留著先歸返。

牛郎卻說他不但和喜鵲見到面了，還將寫好的回信轉交給她。

「宮同學？宮同學，你還好嗎？」左柚憂心地輕喊著，「宮……宮同學！」

無視左柚吃驚地睜大美眸，一刻猛然站起身，連一句話也沒留便大步衝出咖啡館。

一刻現在也顧不得自己突兀的行爲，會讓被留下的牛郎和左柚怎麼想，他的腦子裡只剩一個聲音——

找到喜鵲，找到她，問清楚這一切究竟是怎麼回事！

□

「宮……宮一刻？」

突然的一聲呼喊，拉住了一刻的腳步。

由於錯過公車班次，不想在站牌前枯等的一刻，決定先用跑的再說，但在途中卻聽到有人喊自己的名字。他停住身體，皺著眉四下張望，隨後瞧見有個戴著圓框眼鏡的女孩從後面氣喘吁吁地追了上來。

女孩穿著利英的制服，長髮在肩前分綁成兩束，鼻頭和兩頰有淡淡的雀斑，臉蛋秀氣。然而這樣的一張臉，看在一刻眼裡只覺得陌生。偏偏身邊沒有蘇氏姊弟給提示，他只能僵著一張臉，看著對方一路向自己跑來。

「眞、眞的是你呢，宮一刻……我還想會不會認錯人，不過染成白髮的人似乎不多……」林雪依拍拍胸口，露出靦腆的微笑，「是我啊，林雪依，放學時還見過面呢。」

林雪依、林雪依……

「知道引路人傳說的那個林雪依？」一刻總算想起來了，不過這並沒讓他緊繃的表情緩解多少，他急著回去找喜鵲質問眞相，一點也不想被人拖拉時間，「我很忙，沒事別……」

「你是想要找出引路人吧？」林雪依像是沒感受到一刻散發的不耐，鏡片後的眸子閃過一絲熱切。

「什麼？妳在說什麼鬼？」一刻緊緊擰著眉頭，對這突來的問句感到莫名其妙。

「你和蘇染他們不是找我問了引路人的事？你們是不是想找出引路人？」林雪依的雙眼放光。

一刻倏然憶起蔚可可對林雪依的介紹——相當喜歡都市傳說的女孩子，在部落格上常常發表自己的看法。

幹，所以認爲他們在調查引路人的事，也想要參一腳嗎？

「無聊。」一刻不耐煩地扔下話，掉頭就走。他已經夠煩了，沒興趣再理一個狂熱症發作的女人。

「咦？等一下，宮一刻！」林雪依不死心地跟著追上，「難道你們不是想找出引路人？你們以前不是明明和……呀啊！這風是怎麼回事？」

乍然捲起的怪風使得林雪依忍不住遮臉驚叫，感覺到風勢停歇後，她放下手臂，發現前方的白髮少年一動也不動。

「宮一刻？宮……」林雪依不由得也往前方一看，瞬間她抽了一口冷氣，眼睛正好映上了滑過巷口轉角的一截鮮豔紅色。

那是衣裙的下襬，紅得像要燒出灼灼焰花。

那份詭異怵目的紅，著實不像這世界會有的。

林雪依嘴裡忽然一陣發乾，她注意到他們正身處在人少的小巷內。

人少的小巷、紅衣女子……騙人、騙人，難不成眞的讓他們遇上了……

「宮一刻，你有看見嗎？你也看見了對不對？」強烈的興奮湧上心頭，林雪依情不自禁抓住一刻的手，「一定是她沒錯，一定是引路人沒錯！不對，這時候應該要趕快追上去……」

像是驚悟到自己犯下多大的過錯，林雪依急忙鬆開手，三步併作兩步奔至巷子前方，但沒一會兒就又垂頭喪氣地回來了。

「竟然不見了……難道她憑空消失了？因爲巷子另一邊根本沒地方可藏……」林雪依無意識地撥弄垂在肩前的髮絲，喃喃自語地說，「爲什麼她會突然出現？她是要給人願望嗎？還是要來索討代價？宮一刻，你覺得……宮一刻？」

直到這時，林雪依才發覺到白髮少年依然望著那鮮紅衣角消失的方向，目不轉睛如同出神一般。

是另一聲叫喊猛地拉回一刻的神智。

「宮同學！」左柚的身影出現在巷子裡，她快步奔跑過來，從急促的呼吸、染紅的雙頰和額角的汗水便可知道她已跑了好一陣子。

「左柚……？」一刻愕然，像是不解她爲何會出現在這裡。

「終、終於……找到你了……」左柚喘著氣在一刻面前站定，細白的手指緊緊抓著一刻的手臂，彷彿怕他消失不見，隨後她注意到林雪依的存在，「請問，這位是……」

「我……我是宮一刻的同學。」林雪依像是突然自左柚的美貌中驚醒，她看著左柚緊抓一刻不放的手指，頓時將兩人的關係往情侶方向想，「眞、眞的只是同學，請千萬別誤會！」

「誤會?爲什麼會……哎?」左柚滿心的困惑在見到林雪依匆匆跑開後，只能化作一聲錯愕的單音，「宮同學，我是不是說錯什麼話了?」

「誰知道她在想什麼?」一刻見林雪依離去，倒是覺得解脫了，「左柚，妳怎麼會在這裡?牛郎呢?就妳一個人?」

「牛郎先生嗎?我……我將他留在瑪奇朵就跑出來了……」左柚垂下眼，吶吶地說，「我擔心宮同學你……我是不是做了什麼讓你不高興的事?因爲我擅自找你和牛郎先生見面嗎?」

左柚的聲音越來越小，墨黑的眼眸染上霧氣，如同一泓水潭，彷彿不小心就會溢出水來。

「啊?誰會因爲這種事就不高興!」一刻幾乎反射性地咋著舌，緊接著注意到自己的語氣太凶惡。他深吸一口氣，設法讓自己的語調放軟。只要一面對左柚泫然欲泣的眼神，他就只能全面投降，至今他還是弄不清楚爲了什麼。

「不是，我沒有生氣，更沒有因爲妳做了什麼而不高興。」他說，「妳讓我和牛郎見面，我倒是很感謝。左柚，妳和他……妳喜歡他嗎?」

「咦?什、什麼?」左柚瞠圓了眼睛。

一刻忽然有些後悔自己爲什麼要將這問題問出來，萬一左柚眞的……

「喜歡……」

當一刻聽見左柚吐出這兩個字時，胃部像有重物猛地沉墜下來。但沒想到下一秒，褐金長髮少女又繼續將話說了下去。

「我怎怎怎麼可能會喜歡牛郎先生？不是，這不代表我討厭他，我是覺得牛郎先生就像……真的很對不起，我說話居然顛三倒四的！」

像是覺得自己越解釋越糟糕，左柚抱頭蹲下，白皙的臉蛋上是無措的表情。

「喂，左柚，妳還好嗎？」一刻發現自己胃部那股壓迫感消失了，又變得可以順利呼吸，他跟著蹲下身來，也不在意現在還在路邊。

「不好意思，宮同學，我……」左柚吸吸鼻子，本想小聲地說自己沒事，然而躍入眼內的景象，卻令她不由得忘記吐出聲音，只能睜大一雙猶沾淚霧的美眸。

「左柚？」一刻的注意力都放在左柚身上，當然不會漏看這明顯的變化。他訝然地轉過頭，不明白左柚究竟看見了什麼。

只不過一刻萬萬沒想到，他這一轉頭，看見的全是一片昏黃！

昏黃色的天空，昏黃色的屋宅，昏黃色的圍牆，昏黃色的路面。

上一秒還存在的各種色彩全都消失無蹤，彷彿被這片昏黃給吞噬殆盡。

他們現在就像身處在一張曝了光的老舊照片裡。

一刻怔然，腦海裡好像有什麼要被觸動……他是不是曾在哪裡看過……

「宮同學，那是！」左柚驀然一聲低呼，手指下意識抓住一刻的臂膀。

一刻瞬間自那股古怪的熟悉感掙脫開來，他連忙拉著左柚一塊站起，警戒地看向她口中的那個方向。

「蝴蝶……？」一刻喃喃地說，不確定自己是不是眼花看錯。

但是，確實有隻鮮紅色的蝴蝶自巷口外飛了進來。那抹顏色在這昏黃的世界中紅得怵目，彷若要螫痛人的眼。

「宮同學，我們……我們好像被拉進誰創造出的結界裡了。」左柚畢竟是四尾妖狐，一開始的驚惶平復後，立刻察覺眼下的情況是有心人特意製造出來的。

一刻卻沒聽進她說的話，他雙眼緊盯那隻往他們方向飛來的赤紅蝴蝶，心跳聲越來越大。

怦咚怦咚、怦咚怦咚、怦咚怦咚。

他看過……他是不是真的曾在哪裡看過？

突然間，又一抹艷麗的紅闖入一刻和左柚的視野裡。

這次出現的並不是蝴蝶，而是名身形纖細的女子。她全身包裹著紅衣，裙襬曳地，手持一盞燈籠，烏黑的髮絲上戴著華麗的飾品，素白的面具覆蓋了半張臉，只露出鼻翼與紅艷的唇。面具上是一片光滑平整，連供人視物的孔洞也沒有，只見一個墨色字跡染畫其上，乍看下如同一個「引」字。

「難道說，剛剛和林雪依看到的……真的就是……」一刻的身體僵直，蘇染、蘇冉曾說過的、林雪依曾說過的，諸多的話語在剎那間紛雜交織。

「戴著面具，手裡提著燈的紅衣女子……」

「會出現在人少的小巷子裡……」

「詢問人願望，一旦完成願望，就取走代價……」

——是引路人。

當「引路人」三個字躍出一刻腦海的瞬間，原先款款緩步前進的紅衣女子倏然消逝身影。

「宮同學！」左柚大駭，飛也似地將一刻往自己的方向拽拉過來，避開那抹無預警欺近的潔白臉孔。

就連左柚也沒看清楚，紅衣女子簡直像原本就在這裡般出現了，巷口和他們之間的距離彷彿不存在。

被左柚突然大力一拉，一刻頓時回了心神。他驚見紅衣女子靠近，左手無名指立刻浮現一圈橘紋，想召出屬於神使的武器，以作為防身。

但是這樣的念頭，卻在紅衣女子輕啓紅唇的剎那間，消失了。

「願望。」紅衣女子慢悠悠地低語，發著光的紅蝶在她身周飛舞，從一隻變為兩隻，從兩隻變成四隻，再從四隻變為八隻，「我來實現願望了，某人曾對我許下的願望。」

「胡說，沒人向妳許願！妳是什麼東西？」左柚緊抓著一刻的手臂，柔弱的臉蛋上寫滿對紅衣女子的戒備，「宮同學，不要聽信她的話。有些妖怪、有些妖怪會騙取人類口頭上的承諾，只要回應了，就等於和對方達成交易……宮同學？」

原本想拉著一刻往後退的左柚，發現對方一動也不動，如同在原地生了根。

「宮同學？」

一刻沒聽見左柚在說什麼，他感覺自己耳鳴得厲害。蟬聲、陽光熾熱、綠影濃蔭，隱在樹間的夏蟬拚命唧唧鳴叫，一聲高過一聲。

這是什麼時候的事？白髮少年呼吸急促、心跳劇烈，腳下的世界像在旋轉，似乎有什麼畫面從忽然被撬開的記憶之盒流洩出來。

「一刻，莉奈姊來接你，她在找你。」

「莉奈姊會擔心，我們陪你一起回教室，我們會在你身邊。」

年幼的藍眼女孩和藍眼男孩在說話。

然後，世界化爲一片昏黃。提著燈的紅衣女子出現在面前，艷紅的唇拉開一抹新月般的弧度——

一刻的身子猛然一震，就像溺水者被拉上岸般大口呼吸著，背後竟被汗水浸透。

「妳……妳……」一刻收縮著瞳孔，不由自主地往後退了一步。

「絕望、悲傷，還有失去的味道。即使經過這麼多年，這味道依舊存在。你失去了重要的人，你想要讓他們回來？」紅衣女子張啓紅唇，潔白的齒間可以看見鮮紅的舌頭蠕動，如同一隻蠱惑的蛇，「已經回來了唷，我已經讓他們回……！」

紅衣女子神情驟變，她揮起衣袖掩著自己的臉飛快退了數步，避開一團金色火焰的攻擊。

「離開宮同學身邊！」左柚擋在一刻身前，金黃色的眼眸裡是豎長的針狀瞳孔，那不是人類的眼睛。

「這火焰……」紅衣女子看著即使墜落在地面也沒消失的金火，語氣裡多了一絲驚異。

「我不管妳是什麼，他不是妳能動的人！」左柚的掌心再度浮出一團火焰，柔美的臉蛋繃緊。

「眞的，是這樣嗎？」紅衣女子忽地露出詭譎的笑意。

「什麼意……宮、宮同學？」左柚震驚地見到本來在自己身後的白髮少年突然越過她向前走去。她急忙拉住對方的手臂，卻在對方臉上見到原先並不存在的青黑色蝶紋。

圖樣繁複的蝴蝶花紋，不但沒有華美的感覺，反而透出一股不祥。

像是沒注意到左柚驚愕的視線，一刻繼續朝紅衣女子的方向走去。

「等一下，宮同學！宮同學……一刻！」左柚用盡力氣抓住一刻的手臂，然而一刻的力氣卻大得不可思議，不但無視左柚的拉扯，甚至還拉開了她的手指。

褐金長髮少女在毫無防備下被推倒在地，但是只要她露出一點泫然欲泣的模樣就會感到手足無措的少年，此時卻是不聞不問地把她獨自拋在後頭。

「宮同學……宮同學……」左柚只覺心臟一陣緊縮，白皙的手指用力地蜷握起來。

「妳看，這孩子不是過來了嗎？」紅衣女子如歌唱般柔聲說，她伸出沒有提燈的另一隻手，掌心朝上。

眼看一刻的手就要搭上對方，多簇猛烈的金色火焰迅速地轟砸向紅衣女子。紅衣女子一個晃身，卻是迅速抓住一刻的手，退避到他處。

當雙足一沾地，紅衣女子竟是放開了一刻的手，轉身兀自朝巷口走去。

左柚見狀欣喜，以為紅衣女子真的放棄一刻，卻沒想到下一秒，一刻居然頭也不回地追尋著紅衣女子的腳步往前走。

「等等，宮同學！」左柚刷白了臉，再也控制不住衝上心頭的驚恐，慌亂地自後追上。

但是兩人間的距離明明沒有多遠，左柚卻無論怎麼跑都無法縮短距離，最後竟只能眼睜睜地看著白髮少年隨同紅衣女子消失在巷口轉角。

鮮紅的蝴蝶拍振翅膀，翩翩地從左柚身前飛過，彷彿在嘲笑她的徒勞無功，一晃眼也從她的面前失去蹤影。

即使如此，左柚也斷不可能放棄，她毫不猶豫地朝一刻和紅衣女子消失的巷口奔去。

然後，措手不及地一頭撞進了一場濃霧裡。

第四針

霧氣從四面八方襲來，濃濃白茫徹底遮蔽左柚的視線，連自己身處何方都看不清。沒想到就在下一剎那，所有白霧如潮水般迅速退去，眨眼間歸還左柚清明的視野。褐金長髮少女錯愕地看著四周景色，她轉頭環視，金黃色的眼眸內滿是茫然。昏黃的天空，昏黃的街道，昏黃的路面，一切景物沒有任何改變。左柚還是站在原來的位置，沒有前進沒有後退，彷彿不曾移動過。

「這是、這是……」左柚慌張地低語，隨即握緊拳頭，柔美的臉蛋閃過一絲堅毅。

——不管對方究竟在玩什麼把戲，她都一定要帶回宮一刻！

纖細的身影義無反顧地再度奔往巷口，手中握著一簇金色烈焰，預防再有異變襲來。但出乎意料地，這次卻不再有任何狀況發生。左柚就這麼輕易地跑出了巷口，只不過被刷成一片昏黃的街道上卻空蕩蕩的，不見人影、不見紅蝶，連絲毫聲響也沒有，安靜得宛如畫中世界。

左柚不氣餒，她早知道對方一定會趁她被絆住腳步的時候抹去痕跡。

「宮同學……一刻……」左柚輕喃，彷彿想藉由白髮少年的名字帶給自己力量。她的雙腿邁動起來，快步地在這個昏黃單調的世界狂奔。

左柚不知道自己爲何願意爲一刻做到這種地步，是因爲他曾救了自己？或許有這部分的關係，可是絕不僅僅如此。

當初被困於南陽大樓時，雖說是被瘴寄附的狀態，但左柚仍保有少許的心智意識。在初次見到那名氣勢凶狠的白髮少年時，一股難以言喻的好感幾乎吞沒了她，她就是想靠近他、想和他說話，但那又並不是戀愛的感覺。

左柚是活了四百年的妖狐，她分得出這究竟是不是「喜歡」或是「愛」。不是的，這並不是……可是，就算不是也無所謂。

誰敢傷宮一刻——

「絕對絕對不原諒！」左柚腳步未停，手中焰火迅速揮擊出去，金色的火焰瞬間漲大，朝突地橫生在自己面前的硬牆掃去。

就在火焰沾到壁面的瞬間，理應堅固難摧的牆壁像是水面漣漪般，一晃眼竟模糊開來，接著便消失不見。

原來那只是迷惑耳目的幻象。

左柚發現自己跑進一條陌生的小巷裡，兩邊矮牆林立，她已經逐漸分不清自己跑的方向是左是右、是前是後。

跑出了一條小巷，鑽進的又是另一條小巷。

昏黃色的蜿蜒巷弄彷彿不斷銜接著，就像一面縱橫交錯的蜘蛛網，不論如何跑，都是在網內循環打轉。

發現自己有如身陷迷宮，左柚終於踩住了步伐。她急促地喘著氣，臉上沒有消沉，金瞳則越漸熾亮。

「既然如此，就別怪我強行毀了這個世界……」左柚一字一字地說。正當她要召出數量驚人的狐火，卻發現正前方赫然有人影生成——染著一頭張狂白髮的少年背對著她，左右是另外兩抹模糊的黑影。

那是……！左柚的瞳孔收縮。

「宮同學……宮同學！」她暫時壓下攻擊，不加思索地大叫著跑上前。

一刻率先轉過頭，那半張還烙著蝶紋的臉和那雙空洞的眼睛，頓時令左柚不由自主停下。

「我的願望已經實現了。」從一刻口中吐出的聲音沒有起伏，簡直就像是人偶在說話。

「願望？什麼？」左柚試著想再上前一步，拉近兩人的距離，可是有什麼阻止了她。

左柚瞠大美眸，忍不住伸手摀著嘴，以防自己的抽氣聲不受控制地跑出來。

直到這時候，她才仔細看清一刻身旁的兩抹黑影是什麼——

他們徒具人形，外表卻焦黑如炭，簡直像遭到烈火焚身，才會變成如此嚇人的模樣。

「他們回來了。」一刻像沒發現左柚驚恐的眼神，任憑那兩抹焦炭人影牽起他的手，「我的父母。」

什麼……！

「不對!宮同學他們不是——」左柚駭然伸出手，想拉住欲轉身離開的白髮少年。

同時，一抹鮮紅攔阻在她與少年之間。

「妳想破壞他的願望嗎?」紅衣女子憑空出現，燈籠長柄指向左柚，從紅唇裡吐出的聲音輕柔，似乎又帶著一絲指責。

「胡說!宮同學根本就沒向妳許下願望，也不可能許下這麼荒誕的願望!妳拿什麼矇騙了他!」左柚的金黃瞳孔縮得更細，身上衣物瞬間變爲古風服飾，毛絨的狐耳自頭頂兩側冒出，四條碩大的狐尾從身後伸展開來。

所有柔弱氣質消失殆盡，取而代之的是冰冷的戾氣，「我不想讓宮同學看見我這樣的姿態，但妳是什麼東西?妳身上並無我妖類的氣息!」

「四尾妖狐……原來妳不是普通人類小姑娘，我還眞是看走了眼哪。」像是沒聽進左柚的威脅，紅衣女子柔柔地低語。

「還不交代妳的來歷，然後把宮一刻還來!」左柚的四條狐尾像銳利的鐮刀，帶起風壓，迅雷不及掩耳地刺向紅衣女子的身軀。

紅衣女子身形乍然崩散，無數隻艷紅蝴蝶飛舞開來，剎那間遮蔽了左柚的視線，鋪天蓋地覆滿了整個世界。

在大量紅蝶如雷鳴的振翅聲中，柔滑的女聲從左柚的四面八方傳來。

「人們稱我爲引路人，我不是妖亦不是怪。我存在於這座城市之中，人們的口耳之間。我提燈引路，引領他人走出絕望，獲得所想所望，無論以何種方式。如今我已完成此子願望，依約我將取走同等代價。」

「站住！站住！」左柚試圖驅散眼前的鮮紅，但紅蝶前仆後繼地一波波擁來，最後在引路人高高低低的肆意笑聲中，一股強大的力量猛然推向了左柚——

恢復人形的褐金長髮少女重重地摔坐在路面上，蔚藍的天空，林立在矮牆後的翠綠樹木，還有石灰色的路面，那個宛如時間靜止的昏黃世界消失了。

左柚呆然地跪坐在小巷裡，眼前空無一人，沒有紅衣女子，沒有白髮少年。

引路人和一刻像是從未存在於此。

「啊……」左柚不成調地發出聲音，她踉蹌站起，宛若發瘋般地在附近各條巷弄裡四處奔跑。

但是……沒有、沒有、沒有，到處都找不到一刻的身影。

明明夕陽的光輝燦亮，這瞬間左柚卻只覺自己如墜冰窖，她手腳發冷，雙腿無力地跌坐在地面上。

宮一刻眞的在她面前消失了。

左柚抑制不住從體內竄出的寒意，她手指發抖，抓著手機，費了一番力氣才終於按下正確的號碼。

當手機的另一端響起聲音，這名褐金長髮少女再也忍不住從喉嚨內擠出有如泣血的悲鳴。

「幫幫我，牛郎先生……宮同學他……一刻他不見了！」

□

從客廳傳來的高亢鈴聲，令人在廚房的尤里不禁嚇了一跳，他傻愣愣地看著身旁的花千穗，一時反應不過來。直到那名美麗的少女輕輕推了他一下，他才猛然回過神，連忙衝到了客廳，接起響個不停的電話。

既是尤里的鄰居，也是他女友的花千穗重新將心思放在製作到一半的餅乾上，同時忍不住分了點注意力，留心著斷續從客廳裡傳來的聲音。

今天是很平常的一天，放學後，花千穗便和尤里關在廚房裡，一起認眞地研究新口味的餅乾食譜。

尤里家的客廳和廚房之間隔了一條走廊，聽不清尤里和電話另一端的談話內容。

花千穗搖搖頭，放棄細聽那些含糊的句子。她伸手想拿起一個餅乾模，客廳內突然爆出的大叫卻令她一驚，金屬製的模子頓時掉在地上。

顧不得撿起，花千穗快步跑出廚房。

一來到客廳，見到的是尤里慘白著一張圓臉，掩不住驚慌失措的表情。

「……不、不可能吧……」向來樂天開朗的小胖子此刻結巴著，「眞的……是眞的嗎？左柚……妳說的是眞的嗎？」

左柚？花千穗怔愣了一下，才憶起這名字的主人。

她曾聽尤里提過，左柚是一名活了四百年的四尾妖狐，在之前南陽大樓鬧鬼事件中，因故和他們幾位神使結識。不過眞正和她接觸最多的當屬一刻，尤里他們和她其實也就只有一面之緣而已。

可是，和尤里缺乏交集的左柚，怎會忽然打電話給他？

不管花千穗如何想，唯一想到的只有一個可能——那就是，或許一刻出事了！

「好，我知道……我馬上過去！」尤里匆忙結束通話，滿臉焦急地看向花千穗，「小千，左柚打電話說……一刻大哥他，出事了！爲什麼會忽然發生這種事？爲什麼會……」

「尤里，冷靜點。」花千穗握住尤里的雙手，墨黑的眼眸直直凝視著他，希望能分給他一些力量，「你現在要趕快過去找左柚，對吧？」

「對，她要我到一刻大哥他家……」尤里看起來還是沒辦法鎮靜下來，剛剛從左柚那兒得到的消息太過衝擊。

好端端的，爲什麼會忽然變成這樣？最近市裡沒出什麼大問題，也不曾從其他同伴那裡聽說有強大的瘴出現……所以到底是爲什麼……

「尤里、尤里，聽我說。」花千穗將前額抵上尤里，語氣沉靜輕柔，「去做你想做的事，我會待在家裡等你回來的。」

「小千……」尤里望著那對黑若潭水的眼眸，深吸一口氣，先是重重地握住花千穗的手，再慢慢放開。

氣質優雅的美少女朝他露出一抹溫柔的笑。

尤里覺得自己體內似乎又充滿力量，他大力點點頭，拋下一句「小千，有任何問題我會跟妳說的」之後，便大步奔出家門，急著趕到一刻家和其他人會合。

雖然不知道左柚爲什麼會有自己的電話，但她既然打給自己，那麼很有可能也會打給另一名神使夏墨河。

心中剛轉過這個念頭，一聲喇叭聲驀然自尤里背後響起。他以爲是自己擋到路上的車輛，連忙退到路旁，沒想到一台漆黑轎車卻在他身前停下。

外貌憨厚的小胖子一愣，還來不及猜出對方意圖，就見到後座的暗色車窗降了下來，露出一張秀麗白皙的臉孔。

那是個乍看下會誤以爲是美少女的纖細少年，長長的髮絲在腦後綁成一束馬尾，形狀姣好的眉眼間染著濃濃的焦慮。

「墨河？墨河！」尤里大吃一驚，沒想到會在自家附近遇上同為織女部下的夏墨河。

「尤里，你是要到一刻同學那邊去嗎？快上來！」不待尤里提出疑問，車上的夏墨河率先打開車門，「我接到了左柚同學的電話。」

乍聞「左柚」兩字，尤里立刻明白夏墨河一定也接到一刻出事的消息。他趕緊鑽進車裡，飛快地向司機打聲招呼後，看向了今日恢復一身男裝的友人。

「墨河，你也接到了嗎？你知道一刻大哥到底出什麼事嗎？我撥他的手機都打不通！」尤里急急追問。

「不。」夏墨河卻是搖搖頭，「我正好在路上，突然接到左柚同學打來的電話。她只說一刻同學出事了，要我馬上到一刻同學家去……我猜她應該也會打給妳，便要張叔把車開到這裡來。」

「左柚跟我說的也差不多，她聲音聽起來很慌亂，像快哭出來般……」尤里不自覺地捏緊冒汗的手心，一顆心七上八下，「墨河，你覺得一刻大哥他……他真的……」

「等見到左柚同學，自然就會知道了。」夏墨河垂下眼，素來溫和的嗓音緊繃，左手腕上的青金色神紋不穩定地忽隱忽現，他緊緊抓握住手腕，像是極力想穩定不安的心情。

在兩人皆不語的焦慮氣氛中，車子終於開到一刻住家所在的巷口前。

吩咐司機等他聯絡再來接他，夏墨河迅速打開車門，不敢浪費時間直奔向那棟已經拜訪多次的屋子。

一接近熟悉的雙層建築物，夏墨河便瞧見緊閉的大門前站著身穿學生制服的少女，那頭褐金色長髮輕易地昭示出對方身分。

「左柚！」從後氣喘吁吁跑上來的尤里大聲叫出少女的名字。

原本惶惶不安盯著地面的左柚像是受驚般抬起頭，發現對方是在南陽大樓時曾有一面之緣的尤里和夏墨河後，明顯露出鬆了口氣的表情。但那也只是瞬間，她的眉宇很快又焦慮地蹙了起來。

夏墨河和尤里快步跑向左柚。

「左柚同學，一刻同學究竟發生了什麼事？他人呢？」

「對啊！左柚，一刻大哥現在怎麼樣了？」

「宮同學……宮同學他……」面對兩人焦急地逼問，左柚咬著唇，眸裡浮上水霧，一臉泫然欲泣的模樣，垂在身前的手指緊緊絞著。

見狀，夏墨河心裡如墜大石，湧起不祥的預感。但是不待他和尤里再次逼問，一聲冰冷的厲喝已搶先一步劃過。

「左柚！」

不對，其實不是一聲，而是兩道年輕的聲音分毫不差地疊合在一起，讓人產生了錯覺。聚在一刻家門前的三名男女，不約而同地轉過頭去。

外貌相似的少年和少女出現在前方，兩雙淺色藍眼珠閃動的是相同程度的強烈憤怒。

「阿冉……小染……」尤里喃喃地喊出了兩人的名字。他也只能這般喊出他們的名字，他從來不曾見過那兩人身邊環繞著如此恐怖的氣勢。

他們姊弟倆平常雖然給人冷淡的印象，卻也不至於讓人感覺難以接近。可是現在的他們，光是看著就令人忍不住呼吸一窒——他們的表情好像要殺人！

彷彿沒聽見尤里的叫喚，蘇染和蘇冉看也不看其他人，逕自越過了尤里與夏墨河，直接逼近左柚身前。

「那通電話是什麼意思？」蘇冉的動作快了蘇染一步，平常安靜寡言的少年像是失去控制般，猝不及防間竟是一手揪扯住左柚的衣領，重重地將她撞向門板，「一刻出事又是什麼意思！」

「住手！」夏墨河及時抓住蘇冉，阻止他對身爲女孩的左柚做出如此粗暴的行爲，「蘇冉同學，你這是做什麼？」

「蘇冉。」蘇染無視夏墨河，用缺乏起伏的清冷聲音喊著弟弟的名字。

蘇冉望向那雙和自己相似的眼眸，他鬆開了對左柚的箝制，也抽回被夏墨河抓住的手臂。

「眞的很、很對不起……」左柚再也忍不住一直壓抑在心中的自責與不安，她的聲音滲入了哽咽。

「我不要妳的道歉，也不要妳的自我責備。」蘇染鏡片後的藍眸布滿冷意，氣勢完全不輸先前突然出手的蘇冉，「我只要知道一刻究竟出了什麼事！」

隨著那聲森冷決絕的逼問，蘇染右邊臉龐上驟現鮮紅的詭異圖紋。

不單是她，蘇冉亦是如此，只是那鮮紅的圖紋烙在他左半邊臉頰。

見到這情況，尤里急得一顆心都快跳了出來，就怕眼前這對雙胞胎眞的徹底失控。

「墨、墨河……」他緊張地看向夏墨河。

「他們不會眞的傷害她的，一刻同學覺得她很特別。」夏墨河低語，「但是，讓他們逼問也沒關係。」

「咦？墨河你說這話是……」尤里聽得一頭霧水，可他馬上將這事拋到腦後，他緊張不已地盯著蘇染和左柚，焦急如熱鍋上的螞蟻。

左柚咬著嘴唇，並不畏怕蘇染他們的氣勢。然而要她將一刻消失的事告知他們，對她來說有如千斤般沉重。

「宮同學他……」左柚啞著聲音，一字一字地打算說出眞相。

但誰也沒想到，那緊閉著的大門會忽然自內打了開來。

「哎？妾身就在想外面怎麼好像有聲音，原來是你們一群人在這兒。」細眉大眼的黑髮小女孩站在門內，一手還拿著吃到一半的布丁，頭頂上則是趴著喜鵲。後者懶洋洋地打著盹，似乎不管門外待著誰都沒興趣知曉，直到她聽見織女詫異的一聲「左柚姑娘」。

喜鵲猛地睜開眼，白瓷般的臉蛋閃過瞬間扭曲，素來古靈精怪的大眼更是迸出了怨毒。

但這些都只是剎那間的事，被織女引去注意力的眾人，誰也沒察覺到她的情緒變化。

「怎麼了？你們怎麼全聚在妾身的家門外？」織女理所當然地將寄住處當成她的所有物，她困惑地看著兩名部下和部下候補，再看向只見過一次的褐金長髮少女，對於他們突都來到此感到納悶不已。

從織女的反應來看，夏墨河就明白她定是什麼事都還不知情。

「織女大人。」夏墨河謹慎地挑著句子，「妳知道一刻同學他上哪去了嗎？」

「咦？一刻說他要去買小染和阿冉的生日禮物……啊！不對、不對，妾身剛才什麼也沒說。」發現自己無意中洩露了一刻的去向，織女趕緊摀住嘴巴，就怕之後被一刻知道她說漏嘴，家裡的點心通通都會消失。

「所以我們打電話給妳時，他就出去了嗎？」蘇染注視著織女心虛的小臉，聰穎如她，怎麼可能猜不出織女是被一刻收買了，才會幫他瞞著他們，「不是買禮物，他出門不可能是買禮物。」

「咦？」織女睜大眸子。

「我們的生日已經過了。」蘇冉接在之後安靜地開口，缺乏起伏的聲音令人猜不出他此刻的情緒。

織女一雙烏黑的眼睛瞪得更圓更大了。

「什……居然連妾身也……」她忍不住拉高音調，似乎不敢相信自己也被一刻瞞在鼓裡，「過分，太過分了！他究竟是找誰？難不成部下三號眞的找到比妾身更天眞無邪可愛的蘿莉嗎？」

面對織女不服氣的氣惱，夏墨河想要苦笑，然而思及眼前情況，似乎連那一絲餘力都沒有了。他保持沉默，目光無言地投望向左柚。

其他人也沒有開口說話，他們同樣不發一言地看向左柚。

再怎麼樣，織女也發覺不對勁了。

「你們爲什麼都要看著左姑娘？哎，因爲一刻去見的就是她嗎？」織女胡亂猜測著，但隨即再也壓不住從心底爬出的那一縷不安。她斂起一切稚氣的神態，拔高聲音，氣急敗壞地厲聲喊著，「一刻怎麼了？快說！誰也不准瞞著妾身，妾身要知道到底發生什麼事！」

「對……對不起……」左柚就像再也承受不住，她摀著臉蹲下，肩膀發顫，「是我、是我約宮同學出來見面的，但我沒想到他……」

「他怎麼了？妾身的部下三號怎麼了？」織女跑至左柚面前，急急地逼問著。

左柚抬起淚濕的臉蛋，從喉中溢出一聲哽咽，「被引路人……我不知道那是什麼，有個自稱『引路人』的女人帶走了宮同學……他就在我眼前消失了！」

此話一出，對在場所有人而言莫不是一記轟雷砸下。

夏墨河和尤里愣住，蘇染和蘇冉僵住身體；而織女，這名外貌稚幼的神明只覺得腦海大片的空白。她睜圓一雙眼眸，手中抓著的布丁「啪」地一聲砸墜在地面上。

織女覺得好像有什麼東西也跟著碎了，她聽見碎裂的聲音。

第五針

一刻被引路人帶走的事，在左柚止不住淚的情況下，終於斷續地全說了出來。

聽完左柚對事情經過的描述，移至客廳的眾人們不禁愕然地陷入死寂，頓時，只聞左柚極力壓抑哭泣的聲音。

織女幾乎無法接受她所聽見的——引路人完成了一刻的願望，所以帶走他作為代價。

這太奇怪了……沒錯，這太奇怪了！

「妾身從未聽聞過那樣的妖怪，更遑論一刻根本不可能向什麼妖怪許願！他當初連妾身提供的願望都無視了！」織女跳下沙發，無法保持鎮靜地在客廳轉著圈，「引路人、引路人……她是什麼來歷？為何有辦法誘得一刻許願？難不成她是之前把吾等耍弄得團團轉的……」

「不是。」說出這句話的人是蘇染，她垂著眼，在睫毛和鏡片的遮掩下，讓人看不清她的表情，「之前事件中那位不知名人士並不是引路人，一刻曾親眼見過那人一次。」

「黑髮黑衣、白色面具、外形嬌小年輕。」彷彿像是沒見到織女、尤里、夏墨河等人的震驚表情，蘇冉平淡地將一刻至今僅透露給他們的情報說了出來。

「一刻見過……為什麼他沒告訴妾身這麼重要的事！」織女抽了一口氣，但很快又搖搖頭，「不、不，這事之後再談……妾身現在只想知道什麼是引路人？一刻又是何時向她許願！」

「引路人……她說這名字是人類對她的稱呼。」左柚努力不讓聲音哽咽，她絞著手指，慢慢地將最後進入耳內的那番話重現，「她不是妖亦不是怪，存在於這城市中，存在於人們的口耳之間，引領他人走出絕望，獲得所想所望，無論……無論是以何種方式。」

「她說自己不是妖也不是怪？」織女停下繞圈，小臉茫然了，「她究竟是什麼？」

「眞的、眞的不是之前在那些事中，阻礙你們這些笨蛋神使的人嗎？」喜鵲飛離織女身邊，盤腿浮坐在空中，悅耳的嗓音卻是毫不隱藏地朝夏墨河他們丟出譏諷，隨即又話鋒一轉，「而且妳說的都是眞的嗎？喂，妳，就是妳呢，四尾狐狸。上次被瘴呑掉的是妳，被操控的也是妳，啊啦啊啦，妳的話能信嗎？」

「我、我沒說謊！」左柚急了，她站起身想辯駁。

「我相信左柚同學的話。」夏墨河開口，語氣溫和沉靜，「不，不是因爲我相信妳本身，而是妳是一刻同學所相信的人。」

左柚的美眸內閃過一絲感激，她知道夏墨河這麼說情有可原，畢竟他們當初只在南陽大樓有過一次接觸。但即使如此，他仍間接地表示不懷疑她的說辭。

「哇喔！夏墨河你眞的相信？」喜鵲掩著嘴，細聲細氣地訕笑，「引路人什麼的，難道不是這隻狐狸隨口說出來的嗎？織女大人、織女大人，妳別輕易……」

「我、我也相信左柚的話！」尤里忽然大聲地說道：「引路人不可能是她捏造來欺騙我們的，因爲、因爲……引路人是很久以前就流傳在我們潭雅市的都市傳說！」

顯然沒想到尤里會提出這麼強而有力的證據，一時間，喜鵲慣有的尖牙利嘴全被堵住了。

「部下一號，你說的是眞的嗎？」織女飛快地回過神，吃驚地瞠圓眼眸，「潭雅市的都市傳說？那是怎樣的傳說？快告訴妾身啊！」

「聽說，引路人身穿紅衣、手提燈籠、臉上戴著面具，穿梭在人煙稀少的小巷內。」夏墨河雙手交握，緩緩說道：「她會出現在擁有強烈願望的人的面前，一旦實現願望，就會取走代價……這是我聽過的版本。」

「我也是，我聽見的也是這樣！」尤里忙不迭地點頭附和。

「是、是的，就和你們說的一樣，我見到的確實是……」左柚緊握著手，再度回想起那抹怵目得讓人生起不祥之感的鮮艷紅色。

女子的紅唇彎起，吐出的聲音輕柔甜蜜，無法看見對方的雙眼，古怪的面具遮住了她的上半張臉。

「她戴著奇異的面具，上面還有一個……」

「像是『引』的字。」蘇染說。

「蘇染同學，原來妳也知道？」左柚不由得驚訝地望著神情淡漠的長辮少女。

「好厲害，不愧是小染！」尤里忍不住佩服起對方收集情報的能力。

相較於尤里認定蘇染只是比他們多了解引路人的傳聞，夏墨河卻是神情上流露出一絲古怪。他微瞇起眼，半是探詢地望向在屋外失控剎那、如今讓人捉摸不透的蘇氏姊弟。

他們表現得太冷靜，冷靜到——令人感到毛骨悚然。

「部下二號，有什麼不對嗎？」織女敏銳地察覺到夏墨河的表情有異。

「引路人是很早以前就盛傳的都市傳說。所謂的都市傳說，沒有源頭、沒有根據，並且沒人親眼證實過，聽到的都是從朋友的朋友那兒傳來的。雖然左柚同學已經證明了引路人的確存在，可是，蘇染同學，爲什麼妳有辦法明確地說出引路人的面具上寫著什麼字？」

彷彿沒看見尤里和織女似乎由醒悟到了什麼而漸轉驚異的表情，夏墨河頓了一下，然後一字一字地將心底的猜測問出口。

「蘇染同學，妳曾見過引路人？」

蘇染的雙眼終於筆直地對上夏墨河以及他人的視線。不單是她，包括蘇冉也抬起頭來。

「噫！」左柚反射地抽了一口冷氣，即使她迅速摀著嘴，還是擋不住那聲尖銳的聲音。

在蘇染與蘇冉的半邊臉上，不約而同地浮現了鮮紅的花紋，大片紅紋從眼下劃過至唇邊，不再若隱若現，而是鮮明地如同兩團烈焰，一如他們的藍眼裡正捲起狂猛大火。

原來他倆一點也不冷靜，他們只是一直拚命壓制自身的暴怒。

鈴——鈴鈴鈴——

突然響起的電話鈴聲嚇了客廳內的眾人一跳，尤里還忍不住從沙發上跳了起來。

或許是這陣鈴聲又拉回了蘇染的理智，她撫著臉頰，直到感覺到掌心下的灼熱消失。她吐出一口氣，用清冷的聲音說道：

「織女，如果是莉奈姊打回來的，可以拜託妳跟她說，一刻今晚住我們那兒嗎？」

織女的訝異只維持一會兒，立時反應過來這番說辭的意思——一刻失蹤的事，萬萬不能讓宮莉奈知道。

既然如此，謊稱他要外宿蘇染他們那兒，無疑是個好辦法。

「妾身知道了。」織女三步併作兩步跑至響個不停的電話前，踮高腳尖拿起話筒。

「喂喂？請問找誰？」也不知道話筒另一端說了什麼，織女的臉上明顯露出呆愣。

「織女大人，是誰打來的？」喜鵲輕巧地飛過去，看著顯示陌生號碼的電話，「要我直接掛掉嗎？」

織女搖頭，要喜鵲別添亂。她匆匆地摀住話筒，以確保接下來的聲音不會被對方聽見。

「是淨湖守護神的神使。」她壓輕聲音說著：「是蔚商白要找一刻。」

蔚商白？

這名字一出現，立刻有多人不禁茫然，不明白這人怎會挑這時候打電話過來。

「他找一刻同學做什麼？」夏墨河掩不住困惑。

「不知道，他只說一刻的手機打不通，問他在不在家。」織女如實地重複著蔚商白的話，

「一刻的事，要讓他也知……」

「不用。」蘇冉忽地離開座位，他像貓似地悄步來到電話前，直接將話筒接過去。

「一刻不在，跟蘇染約會去了，別打擾他們。」毫無起伏地吐出這串話，也不給對方再開口的機會，黑髮藍眼的少年果斷俐落地掛上電話。

織女在一旁看得一愣一愣的，小嘴微張。

「這事跟他們並無關係，不須讓他們知道。」蘇冉靜靜地說，「一刻也不會想將無關者牽扯進來。」

「……我明白了。」夏墨河沒有提出質疑，他只是點點頭，「一刻同學的事，就由我們這些人自己處理。但是，蘇冉同學，你還沒說出引路人的事。是的，我相信你也見過。」

「和一刻認識的那天，見過第一次。」蘇冉說，「幼稚園大班時的事。引路人忽然出現，卻又說我們沒願望的味道便離去。」

「等一下，阿冉你說第一次？」織女沒漏聽這個關鍵詞，可是緊接著她的小臉一白，發覺到另一件更重要的事，「和一刻認識的那天……難不成引路人出現時，一刻也在場!?」

「我們三人一起碰過兩次。」蘇染語速飛快卻又平靜地說，「第二次，國小三年級，她又出現了，一刻許願了。」

「許願……所以那名女子才會說……」左柚震驚地喃喃。

一切事情拼湊出原貌。一刻早在多年前就曾向引路人許願，於是引路人如今來索取代價。

「但是、但是……」左柚不自覺地搖著頭，「爲什麼宮同學看起來不像是記得引路人的樣子？」

「他忘了。」蘇染低聲地說，「我們本來也忘了。然而在昨晚，不知爲何夢到當時的事，夢到我們第一次認識、夢到引路人出現，夢到——」

蘇染倏地噤下聲音，暗地裡捏緊拳頭，任憑指尖刺入掌心，夢的最後發展她無法說出口，彷彿只要說出口，夢境就會變爲現實，而他們也將會失去最重要的朋友。

「我可以問，一刻同學當時許下什麼願望嗎？」夏墨河放輕聲音，目光沒有離開蘇氏姊弟身上，自然也將他們細微的反應都收進眼裡。

蘇染和蘇冉對望一眼，然後由蘇染說話。

綁著細長髮辮的清麗少女垂下眼，力持冷靜理智的嗓音迸開了一條裂縫，從裡頭流淌出來的是其他人不曾見過的哀傷。

「我們記不得一刻對引路人說了什麼，但那時候……宮叔叔和宮阿姨剛過世不久。」

乍聞此言，左柚最先駭然，她立即憶起白髮少年身邊佇立的兩抹焦黑人影。

「我的願望已經實現了。」

「他們回來了。」

「我的父母。」

「不不不！」左柚猛地站起，柔美的臉蛋因驚懼而扭曲，「引路人騙了宮同學！她用兩個非人之物假扮宮同學的父母……她居然用這種虛假的方式達成宮同學的願望！」

「假扮成一刻同學的父母……！」夏墨河瞬間明白過來，他的臉色也變了，猜出一刻最可能許下的願望——讓失去的重要之人再度歸來。

當時年紀尚小的孩童，又豈可能明白死去的人永遠不會歸返自己身邊。所以他會許願，不管要答應什麼，他都會向幫助他的人許願。

「這種欺騙人的方法也算達成願望嗎？」尤里不敢相信地問，「墨河，這樣子根本就不算完成一刻大哥的願望啊！引路人怎能帶走一刻大哥當代價！」

「噗噗，爲什麼不行？誰說不行？」喜鵲細細咯笑著，彎彎的眼裡寫滿嘲笑，「胖子，你眞的是呆瓜耶。呆瓜、笨……」

「喜鵲。」織女冷下小臉，「妾身不想一再重複了。」

喜鵲頓時閉上嘴，知道織女是警告她不准再嘲諷自己的神使。她用雙手摀著嘴，不讓嘀咕聲流洩出來——只是這樣子，人類又不會眞的受到什麼傷害。哎，可是織女大人都這麼說了——她拍振著背後的雙翅，飛回織女頭頂上。

「墨河，喜鵲說的是什麼意思？」對喜鵲的毒舌早就習以爲常，尤里並不在意，他更急著知道的是關於引路人的事。

夏墨河像是感到口裡一陣苦澀，「尤里，左柚同學剛剛提到引路人曾說過什麼，對吧？」

「咦？對，她說……」尤里回想起之前曾聽見的。

引路人不是妖亦不是怪，存在於這城市中，存在於人們的口耳之間。引領他人走出絕望，獲得所想所望，無論是以何種方式……無論是以何種方式？

尤里的圓臉驀然間刷成蒼白，他的臉部肌肉控制不住一陣痙攣。

「不管引路人是何來歷，她一開始就在契約上玩了文字遊戲。」織女不是稚齡兒童，又怎麼會看不破這層把戲。她繃緊嬌小的身體，黑眸凜凜，「居然敢動妾身的人，妾身不會原諒的，斷然不會原諒的！部下一號、二號，還有部下候補，吾等這就去找引路人，讓她徹底明白何謂眞正地付出代價！」

「無異議。」蘇染站直身體，手裡不知何時握住了一把赤紅長刀，刀鋒映著她清冷的藍眼睛，更添數分寒意。

「也無異議。」蘇冉的手中同樣抓住一把長刀，赤紅色的花紋如奔雲烙印上頭，俊美的面孔不見波瀾卻自有一股懾人氣勢。

「我、我……」尤里急忙也想表示自己強烈的意願，可剛開口，就被另一道聲音攔下。

「我有異議，織女大人。」出聲的是夏墨河，這名秀麗的美少年幾乎是苦笑地承受著瞬間如刀扎來的視線。

「部下二號？」織女大吃一驚，「爲什麼？爲什麼你有異議？」

「那還用說嗎？」喜鵲打了一個呵欠，「織女大人，夏墨河和白毛認識又不久，當然不會急著想找到他嘛。」

「不。」夏墨河的臉上斂起情緒，無比嚴厲地說：「一刻同學幫過我，甚至可說是拯救了我，不管用什麼辦法，我都會找回他。但是，織女大人、蘇染同學、蘇冉同學，我們必須要先知道的是，怎樣才能再見到引路人？」

此話一出，客廳內登時化成一股死寂。

織女高盛的氣勢消了下去，她懊惱地敲敲自己的額頭，像是不敢相信自己會忘記這麼重要的事。

尤里坐回沙發上，喃喃地唸著：「對喔，要怎麼找？」

蘇染和蘇冉不發一言地互望一眼，短短的對視似乎讓他們交換了諸多無聲的對話。

末了，蘇染望向夏墨河，她臉上的紅紋還在，但眼底已經重新凝成冷冽，凍住方才翻騰的焰火。

「我明白了。」她輕輕頷首，「我們回去立刻收集引路人的相關資料。」

「我會分析出潭雅市哪裡的巷弄是她可能出現的地點。」夏墨河伸手和蘇染交握一下，如同達成協定。

尤里嚥嚥口水。明明夏墨河和蘇染的態度語氣都很平靜，可是從這兩名智慧型的同伴身上，他卻感到驚人的壓迫感。

「我也會、我也會拚命幫忙的！」左柚抹去臉上的淚痕，堅定的神色取代原先的柔弱，「我還可以請這城市的流浪狗幫忙，看有沒有在哪裡見到……啊！」

左柚忽然低叫一聲，黑眸剎那間轉成燦金又回復。她怔怔地凝望空中一點，像在藉以回想什麼，緊接著她急促地說道：

「見到……我想起來了，在我和宮同學見到引路人之前，宮同學說過他和一名叫林雪依的女孩子好像曾先目擊到一次。」

「誰？林雪依是誰？」乍聽到陌生的人名，織女急急地追問。

「幼稚園和我們同班，現在是同一間高中的同學。」蘇冉簡短地介紹完林雪依，他看了蘇染一眼，外貌和他相似的少女輕點一下頭。

是了，他們忘記還有這個辦法可用。

想要收集有關引路人的資料，找上對都市傳說充滿狂熱的林雪依，將是一個最快的途徑！

□

林雪依從來沒想到，自己眞的會接到蘇染和蘇冉打來的電話。

傍晚時，她也只不過是碰運氣似地和他們交換了手機號碼，心裡則是覺得對方恐怕不可能有主動聯繫她的一天。

因爲蘇染和蘇冉是獨特的、不一樣的。

雖然已經十年沒見過面，但林雪依仍舊清楚記得第一次見到他們的情況。總是形影不離，也不讓他人接近的雙生子，那兩雙奇特的淺藍色眼睛就像玻璃珠般，彷彿可以輕易看穿他人見不到的東西。

不，他們一定眞的看見了什麼。

沒有頭的人、趴在天花板的女性、掛在幼稚園老師肩膀上的小嬰兒——陰陽眼。

林雪依年齡稍長後，才終於明白蘇染他們當年怪異的言行是怎麼回事；而這也只是更加深了他們的不同之處。

從一開始，他們就和一般人處於不同的世界。

林雪依也想要踏入那個世界，而現在，機會就在眼前。

一邊瀏覽螢幕上的網頁，林雪依一邊回想起方才電話中的內容。蘇染想向她借取關於引路人的資料，不管是什麼，只要和引路人相關就好。

「我猜得沒錯，他們果然是想找引路人。如果我跟他們說我今天看到了，而且當年……他們會讓我加入吧？不，他們一定會的，因為他們會發現我是最適合的人。」林雪依低喃著，十指飛快地在鍵盤上舞動，在留言的欄位留下自己對帖子主題的看法。

她正在一個專門討論不可思議事件的論壇裡，其中一則關於引路人出沒在潭雅市的帖子，已經成了近日來的熱門主題，點閱數破萬，留言數也破百。

有人質疑引路人的眞實性，也有人大力反駁說引路人確實存在。

而在昨日，還有人上傳了一張相片，相片模模糊糊的，只隱約可見一抹鮮紅的背影。

就是這張相片，讓今天的回應變得更加踴躍。

看著短短時間內就快速增加的回帖，林雪依勾起了笑，電腦螢幕的冷光映著她的臉，也映出她鏡片後的狂熱雙眼。

「呵，再討論得更熱烈一點吧……」林雪依敲完回應的最後一個字，重重地按下了Enter鍵。見到網頁上浮現發言成功的訊息，她起身離開電腦前，站到和自己等身高的穿衣鏡前。

鏡裡倒映出一名文靜秀氣的女孩，戴著圓框眼鏡，長髮在肩前分綁成兩束，臉頰上有著淺淺的雀斑。

女孩並不難看，可是，一點也不起眼，普通得彷彿一轉頭就會被人遺忘。

「普通、枯燥、乏味，我不要那樣的人生。」林雪依對著鏡中的人影說：「我是不一樣的，我會證明我是與眾不同的……我很快就能證明給蘇染他們看！然後他們就會讓我也成爲他們的同伴！」

林雪依的雙眼發光，臉頰也染上興奮的紅暈。她張開雙臂，在鏡前轉了一圈，環望著林立在房裡的書櫃。裡頭塞的全是和都市傳說有關的書籍，就連牆壁、門板上也貼滿了她收集來的大小剪報。

林雪依眼內的光芒越來越熾熱，但突然傳進耳內的敲門聲，令這份光芒瞬間冷卻下來。

「雪依、雪依。」一道小心翼翼的女聲在門外響起，「妳沒下來吃晚餐，媽媽幫妳端上來了。媽媽知道妳喜歡一些幻想的東西，不過還是別太沉迷。妳上次的成績……」

「囉嗦！我的成績怎樣跟妳沒關係！成績成績，反正妳在乎的就只是我的成績而已吧！」林雪依沉下臉，惱火地抓起椅上的靠墊砸向門板，「我不吃，我要睡覺了！」

「雪、雪依……」

裝作沒聽見外頭心焦的呼喚，林雪依特意將動作的聲響放大，重重地躺上床鋪。她將燈關掉，拉起棉被蒙住頭，覺得房外的母親令她更加心煩意亂。

什麼幻想的東西，她根本什麼也不懂，所以她一輩子就只是個普通的女人、普通的家庭主婦，平凡又乏味地過完一生。

「可是我不一樣，我是不一樣的。」林雪依閉上眼，想起網路上那些爲了引路人爭論不休的帖子，想起那些知道她對引路人做過深入研究而崇拜好奇的言論。

所有人的焦點都集中在她身上。

當晚，林雪依作了一個夢。

她夢到年幼的自己跟著朋友跑到一處空地旁的小巷，比人還高的草叢裡忽然衝出一名粗暴凶惡的小男孩，嚇得他們一群人頓時驚慌失措地逃開。

她是其中唯一的女孩子，腳程慢，在要跑出轉角時還摔了一跤，卻沒有人停下來等她。

等到她忍著痛，好不容易爬起時，卻看見四周的景象變了。

藍色的天空、綠色的草叢、灰色的路面，全都變成一片奇異的昏黃。

然後，一抹鮮紅得要奪人心魄的人影出現在巷口另一端。

人影手提燈籠，臉覆面具，渾身上下洋溢著一種妖異的美感，在小小的林雪依心裡留下不可抹滅的印象。

但是那抹人影連看也不看向她這邊，很快又掉頭走了。環繞在人影身邊的紅色蝴蝶越變越多、越變越多，牠們拍振著翅膀，剎那間鋪天蓋地遮蔽了她全部視野。

當紅色散去，林雪依發現自己待在一座操場裡，嬉笑歡鬧不絕餘耳地在耳邊迴盪。

可是突然間，所有聲音都消失了，似曾相識的奇異昏黃覆蓋了整個世界。

林雪依沒有慌張地急著尋找異變的原因，她怔立原地，全部的注意力都被一棵樹下的數抹身影給攫住——那是兩名男孩和一名女孩，他們身上還保有原本的色彩。

林雪依的呼吸不由得變得急促，她直覺有什麼事將要發生……

令她至此無法忘懷的紅衣女子出現了，緋紅的衣裙包裹著全身，烏黑的髮絲別著華麗的飾品，素白的臉孔上覆著半張白色面具，面具上沒有視物的孔洞，只有形似「引」字的墨跡。

紅衣女子向著一名男孩低下頭，接著有誰開口——

「……願望……是……」

古怪的大風猛然颳捲而起，風聲蓋過了聲音，數也數不清的紅蝶漫天飛舞。

在揮動不休的蝶翼之間，林雪依卻發現有人在看著自己。

手提燈籠、臉覆面具的紅衣女子站在紅蝶另一端看著她，鮮艷的紅唇張啓，齒間的紅舌就像一條蠕動的小蛇。

接著，一隻鮮紅的蝴蝶飛離同伴，慢悠悠地向她飛來，停在她臉頰上，收攏赤色的雙翅。

林雪依夢到紅色的蝴蝶鑽進她的眼睛裡。

第六針

「哈啊……」蔚可可打了一個大大哈欠、頂著兩個黑眼圈踏進一年六班的教室。

一大早，教室內的學生還不多，三三兩兩地坐在自己的位子上，隱約可以聽到一些女孩興奮地在談論什麼引路人、照片的。

引路人？照片？那是什麼？蔚可可只覺得納悶，卻也沒心思多在意，直接走到自己的座位前。

雖然蔚可可是來自湖水高中的交換學生，但甜美的外表和活潑的個性，令她在班上擁有不少人氣，見她一副睡眠不足的模樣，立刻有人投來關切的詢問。

「沒什麼，昨天有點失眠而已……」蔚可可打著第二個哈欠，含糊不清地開口，「宮一刻來了嗎？」

一聽到蔚可可的問題，幾名對她抱持關切之意的同學們頓時表情一僵。畢竟那個名字的擁有者，是他們一點也不想沾上關係的危險人物。

「呃，是還沒……妳可以等蘇染來了再問她。」好半晌，有人這麼回答。

蔚可可倒是不以爲意。進入這個班級一陣子了，她已經習慣眾人提及一刻時，都是一副戰戰兢兢的模樣。

其實宮一刻哪有這麼可怕……唔，不不不，他眞的發起飆來的確有夠嚇人。似乎是回想起之前的幾次經驗，坐回位子的蔚可可忍不住打了個哆嗦。

可是很快地，她又想起生起氣來也相當嚇人的另一位——她的兄長，蔚商白先生。

「可惡啦，宮一刻你居然放我們鴿子……」外貌甜美的鬈髮女孩將臉貼上桌面，發出只有自己才聽得見的怨恨咕噥。

虧她昨晚還興高采烈地期待一結束補習，就能瞧見一刻和她哥一塊來接她，然後他們三人就可以通宵看怪物片——她可是忍痛把鬼片刪除了。

但沒想到一出補習班大樓，見到的只有陰沉著一張臉的她家老哥，那抹有著囂張白髮的少年根本不見人影。

「聯絡不上宮一刻。」穿著湖水色制服的高個子少年面無表情地說，「手機沒人接，打去他家是蘇冉接的。他說宮一刻和他姊約會去了，我聽他在放屁。」

其實蔚可可也覺得這個理由簡直是放屁。

她又不是不認識宮一刻，他哪可能無端不聯絡一聲，就爽了他們兄妹的約？但是手機打不通、稍晚再打去他家，卻被宮莉奈告知他今晚外宿在蘇染他們家的情況下，他們也無計可施了，總不能要他們闖到那對雙胞胎的家去，叫他們把人交出來吧？

「而且誰知道蘇染和蘇冉住哪裡……啊啊，宮一刻你是跑到哪去了啦！」蔚可可氣呼呼地鼓著臉、噘著嘴，如同一隻發怒的小動物。

就算隱約察覺事情不對勁，可是聯繫不上一刻是事實，他們被放鴿子也是事實，蔚可可的心裡還是不開心。

而最重要的是，她家老哥比她還介意這件事。

或許除了蔚可可以及蔚氏夫婦外，沒人知道行事一絲不苟、作風嚴厲強硬的蔚商白一發起怒來，發洩怒氣的方法就是整夜不睡地坐在客廳裡，連燈也不開地看著新聞台，音量甚至還不會特意降低。

要知道，即使是尋常的音量大小，在半夜聽來還是格外地擾人清夢；假使忽然想喝水或上廁所，經過客廳還會被那抹映著電視冷光的身影給嚇一跳。

對自己兒子的這項獨特怪癖，蔚氏夫婦不是沒想過要糾正。只是一瞧見蔚商白那副繃著臉、眼神肅殺的模樣，就算是一家之主的蔚先生也會立時覺得心驚膽跳，最後只能祈禱別有什麼事惹他兒子動怒。

而目前和自家兄長在潭雅市一起租房子住的蔚可可，很不幸地，就是蔚商白這次怒氣下的犧牲者。

響了一夜的電視聲害她今日頂著黑眼圈到校，偏偏造成這慘狀的凶手不但看不出整晚沒睡，還不容有意見地要她向一刻問清失約的緣由。

「暴君，我就知道哥你一定是暴君投胎的！」蔚可可趁兄長不在場的時候拚命腹誹，同時一雙圓滾滾的大眼睛卻是不敢鬆懈地緊盯著教室門口，打算一發現一刻的蹤跡，就要像餓虎撲羊般地撲上前。

絕對，不能讓對方逃掉！

只是一直等到早自習都開始了，蘇染沒有來，一刻也還沒來……

嚐！嚐！嚐！

隨著宣告下課時間的鐘聲響起，講台上的老師也結束了授課。待她前腳剛走，一年六班的教室裡立刻陷入一片鬧哄哄。

沒有理會身周的喧鬧，蔚可可用最快的速度跳起來，想要衝到直到第一節上課時才到校的蘇染身邊。

一刻並沒有跟著一起出現。

「蘇染……小染！」發現綁著長辮的清麗少女朝教室外走去，蔚可可趕緊拉高聲音喊著，但沒想到另一道更大的聲音蓋過了她的叫喚。

「蘇染同學！」戴著圓框眼鏡的秀氣女孩抱著一大疊書，氣喘吁吁地站在教室門口。

蔚可可登時一愣，那是和她一同補習英文的林雪依。

雪依要找蘇染做什麼？還有那些書……

「雪依，妳怎麼來了？」思緒運轉間，蔚可可已經採取行動。她快步跑近兩人身邊，眼角迅速打量一遍林雪依抱在懷中的書，心內的困惑加深。

都市傳說？都市奇聞？你不可不知的身邊異事？

難不成蘇染也是不可思議的愛好者？所以向雪依借這些書來看？

將浮上心頭的猜測暫且壓下，蔚可可藉機主動拉住蘇染的手。不管林雪依爲何而來，她都幫她成功地絆住蘇染了。

「可可？」林雪依像是現在才發現蔚可可的存在，她困惑地眨眨眼，「我是拿這些書……蘇染昨天打電話向我借這些。那個，我想蘇染有些事想單獨跟我說，妳可不可以先……妳知道的，就是……」

「妳們有事可以先聊。林雪依，謝謝妳帶來的這些書。」蘇染清冷地開口了，卻是直接將林雪依抱著的一疊書接過，隨即抽出被蔚可可抓著的手，逕自往走廊另一端而去。

被拋下的兩名女孩大吃一驚。

「等、等一下，蘇染！」

「哇啊！小染妳等等啦！」

沒想到事情會這樣發展，林雪依和蔚可可有些慌張地追上去。但才追沒幾步，出現在蘇染身邊的人影，讓她倆下意識地停住腳步。

「那是……」林雪依驚訝地看著使蘇染也停下的那名少年。

俊麗的五官、長長的馬尾梳綁在頸後，利英的制服更是襯出他筆挺的身形。

就算未曾和對方接觸過，林雪依也認得校內的風雲人物之一，那名馬尾少年是——

「咿呀！爲什麼是夏墨河？」蔚可可當下卻是苦著一張可愛的臉蛋。因爲之前曾發生的一些事，使她不太擅長和那名她喜歡過的美少年相處。

夏墨河顯然也注意到另外兩名女孩子的存在，他的目光停在蔚可可臉上，唇邊泛出溫雅的笑，接著他不著痕跡地朝林雪依的方向輕抬下巴。

蔚可可是個聰明人，當下意會過來，夏墨河是希望她將林雪依帶開。她本來想裝作不明白的，可是就算對夏墨河已經沒了愛慕之心，面對那張溫和的笑臉，她還是缺乏抵抗的意志。

*太過分了，那種笑容根本就是犯規嘛！明知道人家拒絕不了……*蔚可可哀怨地在心中抗議，但同時身體也有了動作。

「雪依、雪依，我忽然想到要找妳做什麼了。」她迅速抓住林雪依的手臂，不待對方反應過來，馬上拉著人往教室的方向走，「就是昨天的英文作業啊，曼芳主任是交代了哪些呀？雪依，妳一定要告訴我，沒寫完我會被我哥扒皮的！」

「什……等一下，可可，我現在有事……」眼見蘇染和夏墨河離自己越來越遠，林雪依內心著急，連忙想掙脫蔚可可的手。她好不容易終於能踏進蘇染他們的世界，她絕對不要錯過這次機會。然而抓著她的鬈髮女孩嬌小歸嬌小，力量卻比想像中大。

發現那兩抹引人注意的身影已然消失在視野中，林雪依的著急頓時迸發成一股針對蔚可可的怒氣。

「我叫妳放開……蔚可可，我叫妳放手啊！」林雪依陡然提高聲音大叫著，也不在乎走廊上其他同學被她的行爲給嚇住。

蔚可可也被嚇到了，她沒想到總是文靜的林雪依會對自己發這麼大的火，不由得鬆開了抓著她的手。

「妳眞的很煩耶！」林雪依立刻抽回自己的手，她壓低聲音，彷彿不吐不快，「像妳這種仗著自己可愛的女生，以爲做什麼事都會被原諒嗎？」

「咦？」蔚可可呆住。

「妳爲什麼要妨礙我？我對普通人才沒興趣。只不過是補習時坐隔壁，就以爲是我的好朋友嗎？妳拚命黏著我，只會讓我覺得煩。」

「等等，雪依，我不覺得我有黏……」

「人家蘇染明明是有事要單獨跟我說，都是妳在這裡礙著！」林雪依責備地瞪著蔚可可，「算我拜託妳走開，要成爲我的同伴，一定得像蘇染同學他們那樣特別的人才行。」

「雪依，妳到底在說什……雪依？雪依，妳等一下啦！」對於那些無端落在自己身上的指責話語，蔚可可只覺得一頭霧水。但見到林雪依邁步追著蘇染和夏墨河消失的方向而去，又記起夏墨河給她的交代，她懊惱地跺跺腳，只得也跟著拔腿追上。

「啊！可惡、可惡，我是招誰惹誰啦——」

□

能當面對蔚可可吐出那些話，林雪依只覺有種暢快感。

當初在補習班第一眼見到對方的時候，她就覺得這個女孩聒噪、沒什麼大腦，而偏偏這樣的人卻受到補習班所有老師的喜愛。

林雪依就見到好幾次她向補習班兩位主任撒嬌的畫面。

爲什麼那樣的笨蛋卻可以獲得不一樣的待遇？彷彿她是特別的。

不對，蔚可可根本一點也不特別，她只是外表可愛而已。眞正的特別，應該要像蘇染和蘇冉那般，看得見常人看不見的事物，周身環繞著獨特的氣質。

可是擁有這樣特質的蘇染，蔚可可居然擺出一副她們是好朋友的態度。

別開玩笑了！蔚可可才沒資格待在和蘇染一樣的世界，有資格的人是她才對！她一直研究著那些不可思議的事，擁有普通人不具備的知識。除此之外，她還曾親眼見過引路人，親眼見到流傳在潭雅市的都市傳說。這一切一切，不都意謂著她的確有成爲「特別的人」的潛能嗎？

此時此刻，那個機會終於來到她的面前。興奮和激動使得林雪依的雙頰染上酡紅，她雙眼發著光，追著蘇染和夏墨河的蹤跡來到社團教室所在的大樓。

林雪依喘了幾口氣，抬頭看著那些標出社團名的綠色名牌。她想起蘇染雖然沒有參加社團，蘇冉卻是手工藝社的。

她立刻快步跑向手工藝社的社團教室。

教室的門窗關著，但裡頭透出光線，加上有人聲自內飄出。

林雪依不禁欣喜，她輕手輕腳地靠近門口，發現門並未關死，她屏著氣，小心翼翼地將門往內輕推一些。

果然如她所想。門板沒有發出聲響便往內移動，拉開些許縫隙。

社團教室內的人顯然沒察覺到這一絲異樣，說話聲持續飄了出來，甚至因爲門被稍微打開了，說話內容變得更加清晰。

一邊慶幸著這時並不是社團教室的使用時間，不用擔心自己鬼祟的行動會引人注意，林雪依一邊豎耳傾聽。

一、二、三、四，手工藝社的社團教室內總共有四道說話聲，單從聲音判斷，林雪依可以聽出有蘇染、蘇冉和夏墨河。

還有一個人是誰？

壓抑不住蠢蠢欲動的好奇心，林雪依偷偷自門縫窺探進去，除了她辨認出聲音的三人外，還見到一名陌生的圓胖男孩，夏墨河稱他爲「尤里」。

一聽見這兩個字，林雪依倒是有些印象了。

之前一名從思薇女中轉來，立刻成爲利英校花的美少女，她的男朋友就叫尤里。

雖然在班上少與人有來往，不過林雪依也沒少聽過男同學對校花已經名花有主的抱怨。怪不得那些男同學一提起尤里這名字，總是無比地咬牙切齒。誰想得到利英最美麗的女孩，竟會和一個不甚顯眼的胖子交往？

不過不管怎樣，那個尤里能和蘇染他們待在一起，就表示他也有哪裡是特別的囉？

好奇地打量外型憨厚的男孩幾眼，一時也看不出對方有何與眾不同，林雪依將注意力全放回他們四人的談話內容上。

「……已經做了初步分析，不過範圍還是有點大。」

「如果加上林雪依的這些資料，能再將範圍縮小嗎？」

「我會盡力試試。不過篩選資料的部分……」

「會處理，蘇染和我。」

「墨河，莉奈姊那邊……今天要用什麼藉口才好？如果再說住小染和阿冉家的話……」

「今天就用到我家的藉口好了，織女大人我會一併接過來。」

織女大人？他們在說什麼？那個「織女大人」究竟是什麼人物？

林雪依訝異地睜大眼，心中更是生起一股激動，也想加入這場討論。如果他們說起引路人的事，如果他們說到引路人的話，說不定自己就可以假裝偶然聽見推門進入，然後順勢提供連書上也沒有的意見。

想到此，林雪依的心情不禁高亢起來。她心跳加快，手指握成拳，巴不得趕緊從蘇染他們口中聽見「引路人」三個字。

教室內的四人依舊沒留意到外頭有人偷聽，如果不是他們的心思都繫在某件事上，斷然不會犯下這種錯誤。

「只是再怎麼找藉口，恐怕三天是極限了……」夏墨河低喃地說，語氣中有著化不開的苦澀和無力，「一刻同學失蹤、被引路人帶走這種事……無論如何都沒辦法對莉奈姊說出口。」

林雪依幾乎要懷疑自己聽錯了。

誰失蹤？宮一刻失蹤？夏墨河說他是被誰……被誰……騙人、騙人的吧？

林雪依瞠大眼，眼裡有著不敢置信和興奮。在她反射性抽口氣之前，卻有另一道聲音更快地響起了……

「宮一刻……失蹤？」茫然的年輕女聲說。

這道無預警出現的聲音，駭得林雪依控制不住地驚叫一聲。她飛快轉過頭，大睜眸子內映出的，赫然是蔚可可的身影！

還沒等林雪依追問對方是何時站到自己身後，教室內聽見外頭動靜的人已衝了出來。

「是誰——林雪依同學？蔚同學!?」失去笑意的夏墨河神情嚴厲。然而或許連他也沒想到，社團教室外竟待著兩名女孩子，尤其是蔚可可的出現，更是令他的表情從嚴厲轉成錯愕。

「可……可可！為什麼妳會……」尤里大吃一驚，立刻又轉為緊張，他沒忘記一刻失蹤的事要對蔚氏兄妹保密，可又怎會料到他們的談話竟讓身為妹妹的蔚可可聽得一清二楚。

「宮一刻失蹤是什麼意思？你們解釋清楚啊！」不管那些對她的質問，蔚可可氣急敗壞地跺腳逼問，「我和我哥昨天可是……不行，你們一定要說清楚！我要把我哥叫來，你們這樣瞞著不說太過分了！」

「墨、墨河，怎麼辦？」見對方眞的掏出手機，憤怒地按著數字鍵，尤里不免更加慌張。

「看樣子，只能看著辦了。」夏墨河搖頭苦笑。憑蔚可可的個性，只怕不說出來不會罷休。他轉頭，以探詢的目光看向面無表情的蘇氏姊弟，「蘇同學，你們覺得呢？」

藍眼少年和藍眼少女沒有對此做出回應。

「蘇染，我不是故意要偷聽的，我聽到你們說到引路人。」不甘遭人忽略，林雪依連忙開口說道：「宮一刻被引路人帶走，一定是昨天我和他分開後的事。我今天就是想告訴妳，我昨天碰到宮一刻時，我們一塊瞧見了引路人。現在想想，說不定那就是宮一刻失蹤的預兆。」

「但昨晚在電話裡妳並未告訴我。」蘇染的視線落至林雪依臉上，她的語氣沒有指責，只是冷靜地說出一項事實。

「不是！我是因爲、我是因爲想要當面告訴妳呀！」林雪依激動起來，「妳應該可以明白的，我……」

「現在到底是發生什麼事？」如鋼鐵般堅硬的男聲猛地砸下。

一身湖水色制服的高個子少年沉著一張臉出現在走廊上，那股震懾人的氣勢讓林雪依登時張著嘴，卻說不出話來。

無視受到驚嚇的林雪依，接到妹妹電話趕來的蔚商白大步上前，眉眼凌厲，端正英挺的面孔像罩上一層寒霜似地。若是平常的蔚可可，見到兄長這副模樣，一定會嚇得乖乖站好，但她現在一顆心都放在「一刻失蹤」這件事上，更何況，她也清楚這份怒氣並非針對她。

連看也沒看林雪依，在蘇染等人面前站定後，蔚商白銳利的眼光先是掃向自己的妹妹。

「蔚可可，都上課了爲什麼妳還在這裡？」

「欸？欸欸欸？」沒想到兄長劈頭就是這句問句，蔚可可瞠目結舌，隨即惱怒地抗議，「哥你不也一樣？還只說我！」

「我的功課好到蹺課也無所謂，而且我素行良好，不像某人上課看小說還被抓到。」或許是怒氣從昨夜一直累積到現在的關係，蔚商白的言辭格外不留情。

蔚可可漲紅著一張臉，「知道妹妹小說被沒收還不安慰她？哥你眞是渾蛋、豬頭！」

——誰管你們誰是渾蛋誰是豬頭！你們兄妹他媽的給老子閉上嘴，然後死到旁邊去吵！

幾乎同時，蔚商白和蔚可可都以為自己會聽到一聲暴跳如雷的咆哮。

可是……沒有。社團教室外的走廊安靜無聲，沒人接在他們後面說話。

蔚商白的表情更加陰沉，蔚可可咬著下唇。

下一秒，兄妹倆罕見地同聲喝道：「宮一刻到底出了什麼事！」

「他……他被引路人帶走了……」囁嚅著說出這句話的人卻是林雪依。在瞧見蔚商白和蔚可可驚愕的表情後，她心裡不由自主地生出一股得意與優越。她看過引路人，她研究過引路人，沒人比她更適合解答他們的疑問。相信蘇染等人見了，也會不得不贊同。

「其實我對引路人的事有鑽研……」

「引路人？那是什麼東西？」蔚商白擰起眉，毫不客氣地打斷了林雪依的話，冷冰冰的目光直瞪蘇染他們，「宮一刻被帶走是什麼意思？這麼重大的事為何瞞著我和可可？」

每說一句，蔚商白的聲調就更加低沉堅冷，挾帶風雨欲來之勢。

「所以昨晚你們那番說辭果然是胡說八道。宮一刻明明先和我們有約，又怎會無故毫無聯繫就爽約？蘇染、蘇冉，你們憑什麼矇騙我和可可？宮一刻出事了為什麼不告訴我們？」

「那個，你先冷靜一點……」尤里心驚膽跳地開口。他和蔚商白的交集雖然沒那麼密切，但自從在湖水鎮認識起，對方給他的印象就一直是嚴以律己的優等生，這還是他頭一回見到對方完全不掩飾自己的情緒。

相較於尤里，被質問的蘇染與蘇冉卻是無動於衷，淺藍色的眼珠不見絲毫退縮地迎視蔚商白咄咄逼人的目光。

「因爲沒必要。」蘇染淡淡地說話了，她輕推鏡架，態度冷淡，「這事本來就跟你們沒關係。一刻是我們的朋友，我們自會處理。」

「不對，小染，我和我哥……」蔚可可著急地想說些什麼，然而還未等她完整地組織出言語，站在她身邊的蔚商白先忍無可忍地發飆了。

「別開玩笑了！」蔚商白重重地一拳砸向牆壁，「宮一刻是你們的朋友就不是我的朋友嗎？朋友出事，難不成你們還要我裝作什麼事也沒發生？蘇染、蘇冉，你們未免也欺人太甚！」

「不對啦！哥，你怎麼是用欺人太甚……總之、總之……」蔚可可心急地瞅著蘇染等人，「小染，讓我們也幫忙，宮一刻對我們來說也是很重要的朋友啊！」

「小染、阿冉，讓可可他們一起也沒關係吧？」尤里見狀也忍不住點頭，「人多的話，也比較好找到一刻大哥呀！」

「蘇染同學，我明白你們一開始在意的理由是什麼。但是……就別太欺負人了。」夏墨河不知是針對誰而露出苦笑，「有蔚同學他們，確實會更有幫助。」

「……我了解了。一刻的事，進去教室裡再說吧。」蘇染做出退讓，就連原先的冷淡態度也收斂起，「蔚商白、蔚可可，抱歉。」

「一樣很抱歉。」蘇冉也說。

「咦？沒關係啦，小染你們也只是太擔心宮一刻才會反常嘛。」蔚可可毫不在意地說，她拉著怒氣稍減、但還是板著張臉的兄長鑽進社團教室裡。

夏墨河和尤里也隨後踏進。

蘇冉摘下耳機，「夏墨河很敏銳。」

「是的，他看出我是在意著一刻最近都將注意力放在那對兄妹上。但……確實是我小心眼了。」蘇染取下眼鏡，沒漏聽弟弟的一句「我也是」。

蘇染的藍眼滑過苦笑，很快又轉為凝重的擔憂——一定要盡快找到一刻才行！

見蘇染和蘇冉也要走進社團教室，自從蔚商白出現就遭人忽視的林雪依頓時無比著急。

「等一下！蘇染，請等一下！」她慌張地大叫。

蘇染、蘇冉同時停步，外貌相像的兩張臉望了林雪依一會兒後，再面向彼此。

「叫妳的機率大。」蘇冉說。

「為何不是你？」蘇染也說，「不過你還是先進去。」

待自己的孿生弟弟進入社團教室後，蘇染望著林雪依，藍眸平靜，「已是上課時間，妳還是先回自己班上比較好。」

「不，上課這種事一點也不重要！蘇染，請讓我也幫忙你們！」林雪依滿臉熱切，「我見過引路人，我研究過引路人，我可以幫上忙的，請讓我也成爲你們的同伴！」

「我不太能理解妳的話。」蘇染沉靜地說道：「我很感謝妳借我的資料，但是接下來的事，的確跟妳毫無關係。」

「爲……爲什麼這麼說？」林雪依愕然睜大眼，不明白事情怎麼跟她預想的不一樣，「我明明就可以幫上忙，明明就可以……只要你們願意接受我，讓我也成爲你們的一分子……」

「我說錯了。」蘇染輕嘆一口氣，「不是不太能，而是我完全無法理解妳在說什麼。」

林雪依轉成欣喜的表情瞬間凍結住，她原本以爲蘇染會說出自己想聽的答案。

「同伴、接受，我不知道妳對我們施加了什麼想像，我也沒興趣了解。」蘇染的聲音清冷，彷彿無形中在兩人之間劃出一道界限，「妳的書，我會盡快還給妳。」

「慢、慢著，那爲什麼蔚可可就可以？爲什麼那個沒大腦的女生就能加入你們！」林雪依不甘地紅了眼。

蘇染頓下腳步，「……蔚可可是我朋友。」

語畢，蘇染踏進社團教室內，反手將門關上，這次確實關緊了。

被獨留在走廊上的林雪依扭曲著臉。

若這時夏墨河、尤里或是蔚商白、蔚可可在場的話，他們就會看見林雪依的胸口前——

有條黑線正快速增長……

第七針

爲了能有更充足的時間尋找一刻，蘇染他們最後乾脆全向學校請了假，一群人的集合地點也從手工藝社的社團教室換到夏墨河家中。

而事先接到通知的織女和左柚，也早就在那兒等了。

整理出潭雅市裡引路人最有可能出現的偏僻小巷後，眾人不多浪費時間，立刻按自己分配到的區域分頭行動。

蘇染、蘇冉自然是一組；夏墨河、尤里和織女、喜鵲一起；蔚可可雖然想要更換同伴，可惜誰也不打算將她和蔚商白拆開；左柚則是獨自一人，但其實她已經利用自己妖狐的力量，暗中驅使潭雅市的野狗，要牠們也加入搜尋的行列。

於是這一日的潭雅市街頭，出現了怪異的景象。

大量的野狗成群結隊地出現，牠們安靜又迅速地像在進行什麼任務，然後在騷動擴大之前，一晃眼就又消失不見。

眼見又一隊野狗從巷內跑出，再鑽進另一端的巷子裡，東明路上的行人再也忍不住地交頭接耳，不少人還拿起手機，打算跟家人或朋友說起這有些古怪的畫面。

在一片躁動聲中，誰也沒多留意佇立在人行道旁的一名褐金長髮少女。

少女閉著眼、戴著耳機，像是在聆聽音樂。可是只要把那耳機摘下，就會發現裡面根本沒有音樂流洩出來。

少女的名字是左柚，即使外貌給人楚楚可憐的柔弱感，但這樣的她卻是活了四百年的四尾妖狐。

「小姐？小姐？」突然有道男聲響起，一名年輕男子注意到左柚的美麗，且又獨自一人，忍不住生起搭訕之心。

左柚驀然睜開眼睛。

那瞬間，年輕男子覺得她的眼瞳似乎放出金光，瞳孔也像針尖一樣細，但是再定睛一瞧，卻又發現那雙眼眸與一般人無異。年輕男子不由得呆了呆，不過很快就自己歸因為光線反射的錯覺，畢竟人的眼睛哪可能是金色的。

只是男子還沒來得及對左柚提出邀約，一隻手臂便無預警地自後搭上他的肩。他嚇了一跳，反射性想看清對方是誰。

沒想到撞入眼底的，卻是一名連同性的他都自慚形穢的美男子。

「請問你找我的朋友有事嗎？」一出現就將在場女性的目光全奪走的美男子露出優雅的笑，一雙桃花眼笑咪咪地彎起。

「咦？你、你朋友？抱歉，我不知道……不好意思，打擾了。」下意識以為美少女的正牌男友登場，年輕男子不由得有些手足無措，匆匆拋下幾句話便大步快速離去，深怕多待一秒，會令自己更加地相形見絀。

左柚則是壓根沒發覺自己被人搭訕，一見到穿著筆挺西裝的美男子後，那張白皙柔美的臉蛋上頓時綻開驚喜的笑。

「牛郎先生！」左柚忙不迭摘下耳機，一把抓住牛郎的手，「如何了？你那邊有什麼發現嗎？有沒有宮同學的線索？」

原來左柚私下還聯繫了牛郎，請他也一同幫忙尋找一刻的下落。在這個對她仍稍嫌陌生的城市裡，除了一刻以外，和她較爲親近的就只有牛郎。雖然左柚對牛郎還不太了解，彼此也是在網路上認識的，但不知爲何，她就是打從心底相信這個男人，就連昨日一刻隨著引路人消失蹤跡後，她也是先打電話向牛郎求救，接著便按照他的吩咐，依序聯絡蘇染等人。

「我很想說有，但是……」苦笑在牛郎俊美的臉孔上浮現，他看見左柚的表情從期待變爲失望，可他只能輕輕地搖搖頭，「抱歉，如果我也有更多的力量，就不會……我想盡自己的心力，卻只能在旁觀看，就連之前妳的事，我連親自幫忙都做不到。」

「牛郎先生……」

「不過，雖然沒有一刻的消息，但我在調查引路人的傳聞時，發現了一些事。」牛郎斂起表情，嚴肅地說。

「什麼事？難道是知道引路人是怎樣的妖怪了嗎？」左柚連忙追問。不管是什麼都好，她需要更多情報。

「不，是關於網路上的異狀。這幾天簡直像是有人特意要讓『引路人』這個都市傳說重新被大家憶起，所以我……」牛郎的神情倏地一凜，截斷了話。他在左柚納悶的眼神中將她拉近，飛快地說道：「他們來了，別讓織女知道我在這城市，我有事要先瞞著她。」

「織女？牛郎先生，你是說……」左柚頓時訝異地東張西望，卻沒看到那抹嬌小的人影。

「我的織女，我最可愛的妻子，爲了之後的驚喜，麻煩妳別提起曾見過我的事了，左柚。還有，記得替我留意她身邊有沒有害蟲，有的話，用狐火燒掉也沒關係。」

「咦？什麼燒掉……請等一下！引路人跟網路上興起的流傳究竟是……」

「左柚，有時候要留意的……是『人』。」

「等等，牛郎先生！」

眼見牛郎迅速抽身退入人群，左柚不禁心急地想要追上去，可是只不過一晃眼，那抹修長優雅的身形居然就這麼憑空消失，彷彿對方剛才的出現只是一場幻覺。

左柚怔怔地站在原地，不解牛郎最後一句話語是何意思，「人？爲什麼是……」

「哎？左柚姑娘？」

稚氣清脆的叫喊猛然拉回左柚的神智，她吃驚地轉過頭，看見一旁的巷子口冒出了多抹人影，赫然是和她分開行動的織女等人。

左柚不禁嚇了一跳，不明白牛郎怎會有辦法猜測到織女的出現。

難道說，牛郎先生聞得到織女的氣味？怎麼辦，雖然有些失禮……可是這樣的牛郎先生，好像變態。

「左柚姑娘？哈囉？」見左柚出神般地望著自己，細眉大眼的黑髮小女孩跑上前，小臉仰起，烏黑的眸子有絲擔心地望著她，「怎麼啦，不舒服的話可以跟妾身講，妾身會命令部下一號抱妳回去休息的。」

「咦咦咦？我嗎？」站在織女身後的尤里瞪大眼，隨即慌慌張張地猛搖頭，「不行不行，織女大人，不行啦！我有小千了，不能抱別的女孩子！」

「我不介意幫忙，只是或許會引來不少側目就是。」換下制服，改穿一身裙裝的夏墨河溫和一笑。

「織女大人，說不定她是在偷懶呢。」趴在織女頭上，一般人無法窺見的喜鵲細聲細氣地說。

「不是的，我沒有不舒服，我是在收集訊息。」左柚一丁點也沒有察覺喜鵲話中的惡意，她認真地回話，「我請這城市的流浪狗幫我巡視，看有沒有哪裡不對勁，只是目前仍無所獲。對了，夏同學。」

「是？」夏墨河輕一揚眉，似乎訝異於左柚忽然的叫喚。

「我想請問一下，引路人是這裡的都市傳說對吧？它是一直都在人們之間流傳嗎？還是……」左柚掛念著牛郎之前說到一半的話，不想錯放任何線索。

「它曾經消失過，到最近才又被人提起。」夏墨河蹙著眉。他自己也做過引路人的調查，發現這則都市傳說的消息原本曾斷續被提起，之後更出現一大段的空白時間，可是最近卻又忽地冒了出來。不僅如此，還在網路上引起越來越熱烈的討論。尤其是利英學生們自己架設的論壇內，可以說被「引路人」這個話題給覆滿了。

「我曾查過，貼出相關照片的都是同一個人。那人本身架了一個專門研究不可思議事件的網站，林雪依部落格上的資料有不少都是引用這人的。」夏墨河垂眼低語，腦海內卻飛快運轉著。之前他的心思都放在一刻失蹤的事上，對引路人傳聞的突然盛行反倒沒有多留意，如今聽左柚這麼一問，登時像觸動了什麼。

「蘇染同學他們曾說過，林雪依有位認識的網友曾見過引路人，現在想起來，對方或許有可能是貼出照片的那位站長？」

「然後呢？這樣就找得到引路人？」喜鵲像是不感興趣地打著哈欠。

「不，這樣當然沒辦法，我只是提出之前沒想到的看法。」夏墨河自己冷靜地先否決了。

織女和左柚眼中的欣喜光芒頓時失落暗下。

「織女大人、左柚同學，我們繼續分頭找吧。」夏墨河瞥了下已透出一絲暗藍的天空。他們已經找了一整個下午，過不久天色就會轉暗，屆時只會增加尋人的難度。

「好。」左柚點點頭，「有任何消息的話，就麻煩大家……！」

左柚忽地輕抽一口氣，臉上的神情也變了。

「請等一下！這、這是……」左柚趕緊將雙手擱在耳邊，彷彿在聆聽什麼。

見狀，尤里也努力豎起耳朵，只不過聽見的只有周遭的人聲、車聲，沒有任何特別之處。

左柚的表情變了又變，最後凝在眼中的是不敢置信，宛如聽見什麼令人震驚的消息。

很快地，左柚放下手，轉頭望著眾人。她喃喃吐出三個字，「找到了……」

「找到？找到什麼東西？是妾身的部下三號嗎？是一刻嗎？」織女睜大眼，心焦無比地連連追問，「快告訴妾身啊！」

「不是宮同學，是引路人。」左柚的語調再也壓抑不了地透露出一絲激動，眼內也散發出光芒，「有流浪狗傳來消息，牠們說看見一個疑似引路人的人影出現。」

這個消息無疑大大鼓勵了眾人，除了喜鵲外，大夥兒莫不是精神一振。

——只要逮到引路人，就不愁沒一刻的線索了！

「我來帶路，請大家跟我走。蔚同學和蘇同學他們那邊，我也會負責進行通知的。」一掃原先的憂愁，左柚柔美的臉蛋閃過堅毅，接著她將拇指和食指放置唇邊，吹出了一聲高而尖銳的口哨。

在路上行人反射性因爲這聲口哨回頭前，瞬間，屬於犬類的吠叫聲呈現連鎖反應地在這個城市的四處高昂響起。

□

潭雅市在今日接二連三地發生怪事。

先是各地野狗成群結隊出沒，接著大大小小的巷道內驟然響起狗吠聲，這陣不停歇的聲音簡直像是將這座城市給包圍了。

不尋常的異況使得民眾陷入騷動和驚慌，網路上充滿著關於這項異況的熱烈討論，甚至還有新聞記者趕來採訪報導。

但即使潭雅市處於如此不平靜的氣氛中，蘇染與蘇冉卻完全沒有多分出一絲心思關注。他們的注意力現在全放在一隻突然出現在面前的野狗上。

野狗不知是從哪裡來的，對著他們就是一陣吠叫，隨後轉頭往另一個方向跑了幾步，再回頭低吠幾聲。

假使是尋常人，恐怕不會將這當一回事，甚至可能撿起石頭朝野狗的方向丟去，好將那隻似乎懷抱敵意的野狗嚇跑。但是蘇染和蘇冉立即想起左柚有操縱野狗的能力，加上眼前野狗的舉動不像威嚇，反倒像是變相的催促。他們互望一眼，毫不遲疑地快步跟了上去。

果然，那隻毛色斑雜的野狗就像是要帶領他們前往某個地方，四條腿賣力狂奔，不時還會回頭留意蘇染和蘇冉，以免他們跟丟。

蘇氏姊弟不知道自己跟著跑了多久，也沒注意周遭的狗吠聲漸漸平息下來，他們的內心、腦海就只有一個念頭——找到一刻，找到他們最重要的朋友！

「啊！小染！」猛然的一聲大叫自旁響起。

蘇染與蘇冉同時煞住腳步，望向傳出聲音的方向。

不知何時，他們已經來到一處交叉路口，而從另一條小巷跑出的，赫然是蔚可可和蔚商白這對兄妹；更巧的是，他們的身邊也跟著一隻野狗。

不，這恐怕不是巧合，應該是左柚也向他們傳遞了訊息。蘇染瞬間想到這層面。

「小染、阿冉，你們怎麼也……好痛！」蔚可可還沒表達完她的吃驚，就被人從後拍上了腦袋，「哥，你幹嘛啦！」

「閉嘴，正事要緊。」不像自家妹妹滿肚子疑問，在見到蘇染他們也有一隻野狗領路後，蔚商白馬上就猜到對方應該也是跟他們一樣碰上相同的事。

彷彿像是在附和蔚商白的話，兩隻野狗同時又吠叫了幾聲，接著往前直奔。

不多說一句，蘇染、蘇冉提步追上；蔚商白抓著還搞不清楚狀況的妹妹同樣緊追在後。

在兩隻野狗的帶領下，四名神使發現四周人煙越來越稀少，他們甚至還經過了一座已經荒廢的幼稚園。

幼稚園……蘇染心臟猛地重重一跳，她想起來了，那正是他們和一刻以前就讀的幼稚園！

為什麼會來到這個地方？左柚要讓他們見到的究竟是什麼？

一隻手倏然抓住蘇染的手腕，蘇染看見和自己相似的另一雙淺藍眼眸裡，這瞬間也不由得閃動一絲驚疑，蘇冉和她是同樣的心情。

不若蘇氏姊弟心思複雜，蔚商白對這處全然陌生的環境沒有任何感想，他只是緊盯著兩隻野狗的動靜。

很快地，那兩隻野狗就停了下來，同時間，周遭再也聽不見躁動的狗吠聲。

「哥，牠們停下來了耶。」蔚可可拉扯兄長的袖角，小小聲地說，圓圓的眸子有絲緊張地觀望四周，不知道牠們為何要把自己一行人引到這裡來。

沒有其他人的小巷子，加上天色已暗，小巷旁還緊鄰著一處荒煙蔓草的空地，莫名有種陰森嚇人的氣氛。

蔚可可嚥嚥口水，忍不住更靠近蔚商白，就怕那些比人還高的草叢裡會忽然竄出什麼。

兩隻不再引路的野狗筆直地望著四名人類，接著牠們忽然往被鐵刺網圍住的空地內奔去，一下子消失在草叢裡。

蔚可可大吃一驚，瞪圓了眼睛，「欸欸？不會吧，難、難道是要我們也進……唔！」

「安靜。」一掌摀住妹妹嘴巴的蔚商白警告地厲了她一眼。

蔚可可立刻聽話地閉上嘴，同時，她也發現不單是自家兄長渾身散發警戒的氣勢，就連蘇染和蘇冉也是眼神犀利、身體繃緊，瞬也不瞬地望著他們剛跑進的巷口。

蔚可可的納悶只有一瞬間，下一秒她也注意到了——腳步聲，有多道腳步聲朝他們這個方向奔來！

會是誰？蔚可可緊張地掏出隨身攜帶的迷你礦泉水瓶，只要事情一有個不對勁，就要布下結界，好讓他們幾名神使可以在結界內毫無顧忌地施展力量。

腳步聲越來越明顯，但在對方的身影出現在巷口前，卻是蘇冉最先放鬆自己的身體線條。

「聽見了。」他說，「是織女他們。」

乍聞此言，所有人莫不是放下了警戒，沒有人質疑蘇冉的話。

因為蘇冉的「聽力」本就異於常人。

蘇冉的結論不到一會兒就被證實了。

變得昏暗的巷口接連跑出了多抹人影，分別是左柚、織女、夏墨河和尤里。

沒想到蘇染他們會比自己這方更快到達，織女不禁驚訝地瞪大眼，在小嘴吐出任何字句之前，四周忽然一陣明亮。

原來是矗立在巷口端的路燈自動亮了起來，連路邊圍牆後的屋舍也透出燈光。

夏墨河心念一動，倏然自口袋內取出一捆白線，左手腕浮現青金花紋的刹那，一截白線也被他拋至空中。
白線瞬間接連一圈漲大，將眾人所在的附近區域都圍住，四周景物產生一瞬間疊影後又消逝，好似什麼異常也沒發生過。
「這是……」左柚是頭一遭瞧見神使布下結界，美眸內滿是困惑。
「啊啦，四尾妖狐連結界也不知道嗎？」坐在織女頭頂上的喜鵲搗嘴咯笑，「卻知道怎麼跟人……」
「這是神使專用的結界呢，左柚同學。」夏墨河迅速截下喜鵲明顯不懷好意的話。他知道喜鵲的嘴巴壞，總喜歡針對人，但她對左柚的態度卻更加不客氣。
是因爲知道牛郎不回信，卻跑至人間與左柚見面，所以替織女抱不平嗎？
對於左柚和牛郎的事，夏墨河確實也想釐清，但前提是要先找回那名白髮少年。
現在沒有任何事比找回一刻更重要！
見左柚還有些一知半解，夏墨河溫和一笑，「這結界可以讓不相關的人不會被牽扯進來；而且我們人數眾多，也需要有適當的位置隱匿身形。」
幾乎夏墨河的話聲剛落，蘇染和蘇冉就已採取了行動。他們半邊臉頰被紅紋覆蓋，身影如同兩根離弦之箭，不約而同地向著圍牆後住家的屋頂竄去，直接以高處作爲他們的據守點。

「哥，路燈、路燈，我們選路燈！」蔚可可眼睛發亮地直扯著兄長的衣角，換來的不止是冷漠，還充滿鄙夷的一眼。

「妳是笨蛋嗎？路燈不是在巷頭就是在巷尾，哪會是適合的地點。」蔚商白拎住妹妹的衣領，當左手背至中指浮現深綠花紋時，他的足尖一蹬，眨眼間人也落至屋頂上。

見狀，其他人也紛紛選擇自己的落腳處。

天已暗下，被結界包圍的小巷寂靜無聲，所有人莫不屏息以待。

依照左柚自野狗那兒獲得的情報，有名類似他們描述的人影正往這個方向靠近，用不著多久就會出現在巷口的位置。

「部下二號、部下一號。」織女忽然放輕音量，和自己的兩名部下咬起耳朵，「替妾身注意小染和阿冉，別讓他們失了理智，一刀就將對方砍了。」

「這還眞是一個……重大任務。不過我會盡力的，織女大人。」夏墨河柔聲說，表情卻不若以往從容。因爲從他的角度望出去，望見的就是蘇染和蘇冉冷酷肅殺的側臉。

沒了那名白髮少年在場，他們兩人就像被放出閘的猛獸。

說實話，夏墨河自己也沒把握能夠制住蘇染他們，畢竟他們天生靈力高，加乘了他們成爲神使後的攻擊力。

「我我我……我也會努力的！」尤里的手心冒汗，同樣也看見蘇氏姊弟的嚇人眼神。

在眾人嚴陣以待下，從頭至尾就只有喜鵲懶洋洋、一副提不起勁的模樣。她甚至還打了好幾個哈欠，趴在織女的頭上，似乎隨時就快要睡著。

倏然間，蘇冉的眼神一厲，「來了。」

「有誰來了。」恢復四尾妖狐面貌的左柚也豎起狐耳，金色的眼珠閃過一絲緊張。

雖不若兩人的聽力靈敏，但緊接著，藏匿在屋頂上的眾人都瞧見了一抹紅影出現在巷口。

那是一名體型纖細的女子，身披紅衣，臉上戴著半截的古怪面具，手裡提著一盞燈籠。

女子顯然完全沒察覺到高處的窺探視線，依舊不疾不徐地向前走著。

「那就是……」蔚可可搗著嘴輕抽一口氣，沒想到竟能親眼目睹真實的都市傳說。

夏墨河瞇著眼，心底卻有一絲古怪的違和感，他覺得有什麼地方不太對勁……

「聽妾身命令，妾身數到三的時候，你們就一起行動，捉住那名紅衣姑娘。」織女嚴肅地對所有人豎起食指，「開始，一——」

但事情的發展卻出乎織女的預料，她剛吐出第一個字，位在最前方凜凜站著的兩抹人影竟是迅雷不及掩耳地往下衝掠而出，速度快如電、疾如風。

「小染！阿冉！」織女大吃一驚，頓時顧不得自己這聲大叫會不會驚動下方的紅衣女子，「部下二號，你們也快上！」

剩下的四名神使毫不遲疑地立即行動。

而行走在巷內的紅衣女子，怎可能沒發現這陣騷動。她反射性扭過頭，潔白的面具遮住她半張臉，可是從嘴唇和臉部肌肉還是可以看見她的表情似乎因為震驚而扭曲了。

在紅衣女子發出任何聲音之前，外貌相似的少年和少女已經宛若鬼魅般逼近，臉頰紅紋怵目嚇人，握在手中的赤紅長刀更是散發出森冷寒氣，轉眼間幾乎同時來到她的身前。

蘇染和蘇冉的速度太快，夏墨河根本來不及追上制止，他立刻祭出早已預備好的白線。

「線之式之一，封纏！」

無數白線爭先恐後竄出，目標鎖定那兩抹相仿的人影。

然而就連夏墨河也沒想到，蘇冉竟是猛地轉身，刀起刀落，一口氣將那些想束縛住他們行動的白線盡數斬斷。

與此同時，蘇染已一把扯住紅衣女子的襟領，藉著自己落地之勢，猛地將對方壓按在路面上，那雙清冷的藍眼早已被憤怒取代。

蘇染凌厲著眼，手中長刀揚起再一舉刺下，卻是深深刺入柏油路面上。

「小染！」蔚可可落足在蘇染身後，她忙不迭地用雙臂架住蘇染，將對方和紅衣女子拉開了距離。就算她平常再怎麼不會看氣氛，可眼下的情況也讓她知道蘇染正處於失控邊緣。

躺在路面上的紅衣女子大口喘氣，胸脯劇烈起伏，她想用手撐起身體，但在有所動作之前，兩把長劍就已呈交叉抵在她的脖子上。劍尖沒入地面，劍鋒閃著冷冷寒光，只要她稍微輕舉妄動，白皙的頸項就會劃出血痕。

長劍的主人冰冷地俯視紅衣女子，他的眼神就和他的劍一樣。

可是很快地，蔚商白的表情又變了。他的臉孔繃緊，眼中閃過嚴厲，他看見紅衣女子的心口上赫然垂掛著一條黑線。

那是欲線！

「哇！阿冉你別動，你千萬別衝動做出什麼事啊！」發現蘇冉似乎想走近紅衣女子，尤里慌慌張張地加重力氣，緊抓著蘇冉不敢放手。

即使蘇染他們都讓人抓住，夏墨河還是不敢大意。他暗暗捏住回到他指間的白線，陪同織女和左柚走向被雙劍制住的紅衣女子。

當走近紅衣女子身邊的剎那，織女卻是輕「咦」了一聲，小臉訝然。

不僅是她，包括原本一副懶洋洋模樣的喜鵲，也像是發現了什麼坐起身子，滴溜的眼眸看起來若有所思。

「織女大人？」夏墨河沒漏看兩人的表情變化，語氣內滲入一絲疑問。

「這是……」織女緊盯著戴著半張面具的紅衣女子，彷彿感到無比困惑地搖搖頭，「這根本不是妖怪，妾身什麼異樣的氣都感受不到。」

「引路人確實說過自己不是妖怪，但我也……無法判斷出是什麼。」左柚輕咬著下唇，似乎回想起當時自己的無能爲力。

「不是，妾身是說，妾身什麼異樣的氣都感受不到。」織女一字一字地說道：「並非單指妖氣，此刻在妾身眼前的這位姑娘，分明就只是一位……」

卡嚓！

突來的聲音和乍然迸現的閃光不僅中斷織女的話，還使得眾人重重一震。

夏墨河最先扭過頭，他的瞳孔頓時因爲所見之物而收縮——在圍牆上，竟擱置著一台小巧的相機！

方才的白光來源正是從它而來。

相機？爲什麼會有相機？不，還有織女大人說的……什麼異樣的氣都感受不到？引路人就算不是妖不是怪，也是異質的存在，而她怎會帶著一台相機……

夏墨河的思緒飛快運轉，他想起關於引路人的傳聞，身穿紅衣、臉覆面具、手提燈籠，身邊紅蝶飛舞……並沒有看見紅蝶！夏墨河終於發現之前的違和感是什麼，同時他將諸多要點串聯起來。

電光火石間，一個答案頓時在心中成形。

沒有猶豫，夏墨河一個箭步逼靠至紅衣女子身邊，猝不及防地扯下她的面具。

一張年輕的面孔曝現。

那是張年紀最多只能夠稱爲「女孩」的臉，鼻頭和兩頰有淡淡的雀斑，一雙眼睛因爲慌亂和震驚瞠得又圓又大。

乍見到那張臉，所有人莫不是愣住了。

其中蔚可可更是不自覺地鬆開抓著蘇染的手，她錯愕地瞪著面具下那張臉，再也忍不住發出乾巴巴的聲音。

「雪……雪依……？」

第八針 ◇◇

蔚可可作夢也沒有想到，他們抓到的引路人居然會是林雪依。

那名和她因補習而結識的女孩子，現在狼狽不堪地躺在路面上，脖子前還被她的兄長用雙劍抵住。

「所、所以……」蔚可可結巴地說，臉上有一絲無措，「雪依妳就是引路人？騙人的吧？妳就是引路人!?」

「她當然不是引路人。」蔚商白陰沉著臉，抽回自己的雙劍，使之形體崩解，化為光束回到手背上的神紋裡。接著他拔起插在路面上的赤紅長刀，扔回給蘇染。

「噗噗！這個人類怎麼可能會是什麼引路人？別害我發笑哪。」喜鵲就像被逗樂般咯咯笑起，她飛離織女的髮間，居高臨下地望著林雪依，嗓音如銀鈴悅耳，「她就是個人類，一個控制不了欲望還長出欲線的笨蛋人類。」

「也就是說……也就是說……」尤里張口結舌地看著有過一面之緣的林雪依，像是無法理解對方為何無故假扮成引路人。

可是隨即尤里突然回想起夏墨河之前曾說過的，有關引路人的諸多疑問。

引路人的傳聞曾消失過，直到最近才又被人提起；在網路上貼出相關照片的都是同一個人，那人本身架了一個專門研究不可思議事件的網站、林雪依部落格上的資料有不少都是引用此人……而林雪依有位認識的網友曾見過引路人，那名網友可能是貼出照片的站長，現在再加上那台事先準備的相機……

一個荒謬的想法促使尤里忍不住不敢置信地脫口而出，「那些照片……那個在網路上掀起引路人話題的人，難道全都是妳自己!?」

穿著紅衣的女孩僵住了表情。

左柚的瞳孔收縮，腦內驀地浮起牛郎最後曾和自己說過的話——

「有時候要留意的……是『人』。」

「什麼?什麼?部下一號你說明白一點給妾身知道啊!」發現眾人都是一副明白了的表情，仍是一頭霧水的織女不由得心急地跺了跺腳。

「織女大人，我們稍早前不是討論過引路人的事嗎?」夏墨河輕聲解釋，「當時我不是納悶著那麼久的傳聞，怎會在短短幾日內迅速擴大，還使得利英的學生幾乎人盡皆知?甚至還有人拍到照片……現在答案都出來了，是林雪依假扮另一個人，用兩個身分特意在網路上散播引路人的話題。包括照片，也是她自導自演。」

「什麼……原來那些事都是雪依做的嗎?」直到現在才領悟過來的還有蔚可可，她瞪圓眼睛，結結巴巴地說著，「可、可是，我還是不懂啊，為什麼要做出那種無聊的……」

「那一點也不無聊!妳又懂什麼?」林雪依驟然回神，發出尖銳的聲音，手指抓緊掉落在路邊的燈籠，眼神淒厲，秀氣文靜的臉孔跟著一併扭曲，「我也想要……成為特別的人啊!」

「什麼……」蔚可可啞然，她完全無法理解對方在說什麼。

「像妳這種只有臉蛋可愛的沒大腦女孩，怎麼可能會懂？蘇染、蘇冉、夏墨河還有其他人……他們都是與眾不同的人，那些奇怪的花紋還有奇怪的武器，都是最好的證明。」林雪依喃喃地說，雙眼像是望著蘇染等人，又像是陷入自己的世界，「果然跟我一開始想的一樣，蘇染他們是特別的，身邊的同伴也是特別的，他們的生活一點也不乏味、不無聊。他們有著獨特的力量跟使命，和普通人截然不同。我……我也想踏進那個世界呀……我明明就和其他人不一樣……」

「雪依，妳還好嗎？妳……」蔚可可嚥了下口水，有絲心驚地想接近在補習班認識的朋友，卻被一隻手臂扣住肩膀。

蔚可可回過頭，望見自己的兄長嚴厲地瞪著她，不准她貿然上前一步。

「哇喔！」喜鵲用雙手摀著嘴，故作新奇的目光內是滿滿的嘲笑，「我還是頭一次見到妄想症這麼嚴重的人類耶！」

「噤聲，喜鵲。」織女抓回那抹巴掌大的人影，稚嫩的小臉覆上嚴肅，「妾身不准妳給事情添亂。」

即使外貌稚幼，但真正身分是神明的小女孩又豈會看不出來，林雪依目前的精神狀況不穩定。更何況，她的胸前還有著代表欲線的濃濃黑影，稍微一個不經意的刺激，都有可能讓欲線增長；最糟的狀況是引來專門吞吃欲線的妖怪，瘴！

喜鵲像是惋惜般輕彈一下舌。她這個小動作掩飾得很好，沒人發現，接著她的眼內又滑過一抹對林雪依的幸災樂禍——有那樣眼神的人類，就算不用任何刺激，也會自己召來瘴。

喜鵲拍拍翅膀，飛回織女頭上，托著下巴，古靈精怪的眼睛不懷好意地望著林雪依。

「左柚同學，請妳幫忙顧守好織女大人。」夏墨河朝左柚說了這麼一句，越過她上前，站定在蘇染和蘇冉身邊，「蘇染同學，你們看呢？」

「她喜歡扮引路人是她的自由。」蘇染的聲音沒有任何情緒起伏，提在手中的長刀消逸形體。她連看也沒有多看林雪依一眼，毫不猶豫地轉頭離開。

「假貨，浪費時間。」蘇冉是第二個轉身的人，俊美的臉孔上面無表情。

對於這對姊弟的行爲，夏墨河只能暗暗苦笑，卻也沒有出聲阻攔。

誰也想不到，花費了那麼一番心力和時間，抓到的卻是假的引路人。

但夏墨河也不能將林雪依就這樣置之不理，畢竟對方已經看見他們神使的力量，若是之後引起不必要的騷動，只會增加他們的麻煩。

一邊思索著是不是要詢問身爲四尾妖狐的左柚，是否有可以使林雪依遺忘此事的方法，夏墨河一邊留意著對方的情況。當他望見林雪依挾帶著些許瘋狂神色的雙眼，心中不禁暗凜，所有的心神頓時不敢離開林雪依身上的欲線。

「可是……」假冒為引路人的女孩像是沒發現蘇染和蘇冉的轉身，她細細地低語，「可是蘇染你們拒絕了我，為什麼就是不願意讓我成為你們的同伴……引路人的事，我明明可以幫上忙，我……」

「那妳又為何要冒充引路人？」蔚商白就像聽不下去，冷冷地說。無視蔚可可緊張的眼神，他大步上前，堅冷的聲調洩露了憤怒，「妳明知道我們在尋找宮一刻，卻又以此種模樣出現在這裡，妳這莫非是在耍弄我們？」

「不是！」林雪依激動地揮舞手臂，胸前的欲線又增加了長度，「像你這種本來就特別的人，怎能理解我的痛苦？我每天都過著無聊的生活，每天都得忍受周遭人無聊的對話……沒人懂我，沒人了解我。只要一想到我將過著這種生活到死，我就受不了……好不容易網路上的大家都注意到我……但這樣不夠，根本不夠，必須更加地引人注意……」

林雪依忽然露出作夢般的古怪笑容。

「哪，引路人是眞的存在喔。只是我這幾年一直不曾再見過她，而網路上的人又要看到照片才會相信。既然如此，就由我先代替一下也沒關係吧？不，就算要我眞的成為她也沒關係！」

面對林雪依近乎顚狂的神態，織女等人一時間竟說不出話來。

但是蘇染和蘇冉卻是猛地再轉過身來，他們沒漏聽林雪依說的那句話——只是我這幾年來一直不曾再見過她。

這幾年來？再？她不是最近才見到引路人的？她許久之前就曾見過引路人!?

「蘇染、蘇冉。」林雪依望著那兩張相似的容貌，慢慢地勾出微笑，「宮一刻是因爲被當成代價，才被引路人帶走的嗎？」

不輕不重的一句話，卻像一記落雷轟砸上所有人的心頭。

「爲何說一刻是代價？妳知道什麼！」蘇冉一個箭步衝上，扯住林雪依的襟領厲聲逼問。

「林雪依，向引路人許願是必須以自身爲代價嗎？回答我們！」蘇染喝道，清麗面孔上的紅紋愈發地張牙舞爪，自有股駭人的氣勢。

但是林雪依卻睜大眼，她怔怔地看著蘇染他們，然後像是終於反應過來他們問的問題是什麼，驀然駭笑出聲。

「嘻嘻嘻嘻！哈哈哈哈哈！宮一刻是因爲許願才被當成代價帶走？怎麼可能會有這種事？因爲——」

林雪依停住歇斯底里的大笑，她歪著頭，用著像是吐露祕密般的語氣，眼裡閃著異光。

「當初向引路人許願的，明明就是蘇染你們啊。」

明明就是蘇染你們、明明就是蘇染你們——

蘇染和蘇冉當場呆愣住，這瞬間好像什麼也無法思考，眼前似乎又浮現當年那一幕。

狂風捲起，無數紅蝶漫天飛舞，有誰用盡力氣大叫出聲。

讓……回來……

讓一刻的爸爸、媽媽……讓宮叔叔和宮阿姨回來！

紅蝶散開，在大叫的是藍眼睛的男孩和女孩，許下願望的從來不是一刻，是他們！

蘇染與蘇冉霎時蒼白了臉，可怕的寒意注入他們的四肢百骸，頓時令他們失去了所有支撐的力氣，當場跌跪在地。

「小染！阿冉！」織女心急地大步跑上前，她捉住蘇染的臂膀，凜凜黑眸厲瞪向林雪依，「休要胡說！當妾身會輕易相信妳的話嗎？」

「沒……沒錯！雪依妳騙人，小染他們怎麼可能是向引路人許願的人！雪依妳是騙我們的，對不對？」蔚可可說到最後，慌亂得像要哭出來。

「我才沒有胡說，我也在場呢。」林雪依咯咯地笑了起來，「我看到了喔，我兩次都看到了引……！」

林雪依的聲音倏地戛然而止，她脖頸揚起、眼眸大睜，像是在凝望虛空中的某一點。然後，有什麼東西自她的眼睛裡鑽了出來。

左柚驚愕地摀嘴屏住氣息。

那東西乍看下像是細長的黑色小蟲，可是當牠的身體輕輕晃動一下後，牠的背部慢慢伸展開一對鮮紅色的薄翅。紅得像是著火的蝴蝶拍振著碩大的翅膀，冉冉飛離林雪依的眼球表面。

這詭異的一幕使得所有人一時發不出任何聲音，更別說有任何動作。

當紅蝶飛入夜空的瞬間，另一種異象也在發生……

無數發著光的光球開始從各處飄升而起，不單是織女他們所在的小巷子裡。

饒是素來冷靜堅定的蔚商白，也掩飾不了臉上的愕然。

從近到遠，夜空裡不斷有光球飛起，並且不約而同地朝他們所在的位置匯聚而來。

不消一會兒工夫，小巷上的夜空布滿了許多光球；而從那些散發著金光的光球內，隱約還傳出細碎的說話聲。

起初還不能聽清楚是在說些什麼，可是當光球越聚越多後，那聲音也變得像是滾滾雷聲。

「聽說……」

「聽說……」

「聽說……」

「引路人是……」

「……提著燈籠，出現在人少的巷子裡……」

「……可以向引路人許下願望……」

「會實現願望……」

數也數不清的聲音不斷述說著，說的都是關於引路人的傳聞。

「這、這些是什麼啊！」尤里抱著召出的鐵色剪刀，忍不住驚慌駭叫。

「他們全在說引路人的事……」夏墨河仰頭盯著將小巷映得亮如白晝的光球，喃喃地說。

「這些東西，難道說……居然是這樣嗎？」一道稚氣的童聲發出了不敢置信卻又透著恍然的嘶氣。織女搗著嘴，黑亮的眸子大睜，她就像費了一番力氣，才終於又將言語重新組織起來，「啊啊！妾身……妾身終於明白引路人是何物了……」

彷彿沒發現到眾人震驚的視線，她仰臉直望著那些漸漸靠攏在一起的光球。

「怪不得她會說自己非妖非怪，她本就不是妖也不是怪。她是誕生在這座城市、誕生在人類口耳之間的傳聞集合體。她是怪譚、傳聞、都市傳說……她靠著一傳十、十傳百的流傳，漸漸地塑造出形體……」

「人們創造了我。」光球內的眾多呢喃聲停止了，取而代之的是一道柔滑的女性嗓音。

這道嗓音如同鞭子般抽在蘇染和蘇冉身上，使得他們的身體重重一震。

少女和少年的臉色依舊蒼白，但他們的藍眼卻熾亮得像在瞬間點上了火。他們記得這個聲音，他們再也不會忘記這個聲音。

「人們渴望有誰能替他們實現願望的純粹意念成就了我。」光球凝聚出一抹纖細人形。下一瞬間，淡色金光盡數碎裂，所有光球消失得無影無蹤，佇立在織女等人面前的是名身著紅衣的女子。

女子手提燈籠，烏黑髮絲別著華麗的飾品，素白的臉孔上覆著半張潔白光滑的面具；面具沒有能夠視物的孔洞，就僅僅一個「引」字在其上。

紅蝶飛至女子身邊環繞，女子彎起紅艷的嘴唇，「人們稱我爲，引路人。」

在場除了蘇染、蘇冉和林雪依外，所有人都是第一次見到這名潭雅市的傳說人物。他們怔然地看著那名無預警出現在此的女子，巨大的震驚讓他們暫時忘了反應。

在這份死寂之中，蘇氏姊弟卻聽見自己的心跳聲越來越大，耳內彷彿只聽見這個聲音。他們的手指握住了不知何時出現的赤紅長刀，臉上紅紋如同要滲出血似地張牙舞爪，淺藍雙瞳中獨獨剩下那抹怵目紅影的存在。

但就在這對雙生子欲提刀站起之前，有誰卻是比他們更快一步地跌撞衝了出去。

「引路人……引路人眞的再次出現了……」林雪依的頭髮散亂，雙頰襲上潮紅，眼眸濕潤，臉上盡是狂熱的神采。她拚了命地將手臂往引路人的方向遞伸，「求求妳……求求妳實現我的願望！我想要成爲與眾不同的獨特存在——」

林雪依的五指抓住引路人的手，她胸前的欲線也在同時暴長碰到了地，雙足下黑影翻動。

目睹此景的織女大駭地倒抽一口冷氣，「瘴要被釣出來了！全部人退開！」

「織女大人！」喜鵲飛快變回常人體型，抱著織女迅速往高空飛去。

「線之式之——」夏墨河立刻想以白線交織出防護的屛障，卻被一聲叫喊打斷。

「讓我來！」左柚的瞳孔收縮到最細，雙手朝前一揮擋，凶猛大火頓時憑空生成，金色烈焰自四面八方包圍眾人，轉瞬間就成了一堵熊熊火牆。

火焰遮蔽了神使們的視線，但人在空中的織女和喜鵲卻看得清楚。她們看見林雪依身下是大片黑影翻湧，旋即化作實體暴衝而出，再像一張大網般朝正下方的林雪依和引路人兜頭罩下。

在短得不能再短的時間內，黑暗就將那兩抹身影吞噬。

黑暗先是蠕動膨脹，再一舉收緊，最後震盪出無形的強烈氣流。

由金色狐火塑成的高牆大力地晃動著，火焰被吹得向後傾斜。但在左柚的四條狐尾一記抽甩之下，火焰堅持了下來，沒有因而潰散。

「喜鵲！快帶妾身下去！」織女焦急地命令。

「可是，織女大人……」喜鵲收緊雙臂，白瓷般的臉蛋上滿是抗拒。

「這是妾身的命令！」織女拉高了聲音。

「……是。」喜鵲咬著嘴唇，照著織女的吩咐行事，將她帶至左柚等人身邊。

「織女，請妳退到我的身後去。」左柚專心操控狐火，不敢貿然使之熄滅，深怕會再有一波的攻擊。

金色火焰持續燃燒，外界卻聽不見再有任何動靜。

「爲什麼……爲什麼事情會變成這樣啊！」有著圓圓眼睛、像隻小動物的鬈髮女孩抱頭蹲下，甜美的臉蛋滿是懊惱、氣憤和難過。

她這句話無疑喊出了大夥兒的心聲，沒人想到事情會失控演變成如此，其中蘇染和蘇冉更是緊握刀柄，就算掌心都握得發痛了也毫無所覺。

他們作夢也沒想到，原來多年前向引路人許下願望的人不是一刻，而是他們自己！是他們祈求讓一刻的父母回來，是他們害一刻被帶走，這一切全是他們……

「小染！阿冉！」織女霍然喊道，下巴抬高，小臉凜然嚴肅，「不是你們的錯，將妾身的話好好聽清楚了，不是你們的錯！」

「……不。」蘇染卻像是抗拒般，從緊閉的雙唇間擠出這麼一個字。

蘇冉沒有說話，但他的表情、眼神都清楚明白地顯示著他和蘇染有相同的想法——事情會變成這樣、一刻會失蹤，都是他們的錯，是他們當年的無知造成了此刻的果。

織女握緊小拳頭，「妾身都說了不是……」

「是你們兩個的錯。」蔚商白突地打斷織女的話，用一貫的堅冷語調說。

「哥！」蔚可可大吃一驚，只差沒跳起抓著自家兄長猛搖，問他是不是接錯了神經。

「等、等一下，蔚商白，這不是小染他們的錯……」尤里緊張得結巴起來。

喜鵲暗暗吹了聲口哨，帶著沒人知道的幸災樂禍意味。

唯有夏墨河沉靜如昔。他雖和蔚商白接觸不多，但也知道這名高個子少年不會無端將事情怪罪到別人身上。

果然，蔚商白接著開口，「你們想聽見的就是這些嗎？你們希望宮一刻對你們這麼說？」

蘇染與蘇冉沉默著，臉色蒼白得嚇人，只有那雙藍眼像是要燒起來。

「如果立場對調過來，」蔚商白冷冰冰地說，「你們也要這樣指責宮一刻，說這些全是他的錯嗎？」

「不是！」蘇冉就像被觸動了什麼般低吼著，「就算一刻……那也絕非他的……」

蘇冉的話語又吞了回去，他緊緊抿著唇，眼眸低垂，遮掩住翻騰的情緒。

「蘇染同學、蘇冉同學。」夏墨河溫和地插入對話，「我知道你們心裡不好受，可是現在最重要的是找回一刻同學，再消滅那隻瘴。而且我相信，如果讓一刻同學知道了你們的想法，依他的個性，恐怕會氣得揮出拳頭呢。」

「……他只會揍蘇冉而已。」蘇染的唇邊露出一絲小小的微笑，也許是聯想到那畫面。但微笑很快就消失了，她抬起臉直視夏墨河，然後慢慢地頷首，「我明白了。」

就算他們依舊無法原諒自己，但眼下最重要的事並非一味自責，而是採取行動，將他們無人能取代的朋友帶回自己身邊。

「眞、眞不愧是白馬王子，一下就讓小染他們……」還是蹲在地上的蔚可可佩服地瞅著自己曾喜歡過的對象，隨即她無意間瞥向了地面，她睜圓眼，一隻手頓時拉住自己兄長的手臂，「哥！哥！」

「如果要說廢話，妳現在就可以閉嘴了，可可。」蔚商白看也不看地給了這麼一句警告。

「不是啦！」蔚可可沒有像平常那般哇哇叫，她繼續鍥而不捨地扯著兄長的手，「哥，我是想問……這條路原本就是這種奇怪的黃色嗎？」

黃色？路怎麼可能是黃色的！

這瞬間，眾人驚愕低頭，映入眼中的昏黃色調令他們驟然無語，只有雙眼眞實地傳達出他們的震驚……

不知道什麼時候，原本應當是石灰色的柏油路面，竟刷成了一片昏黃。

這份色調頓時觸動蘇染他們當年的回憶。

「左柚，熄去火焰！」蘇染飛快喝道，手指按著長刀，已擺出備戰姿勢。

左柚沒有多想，馬上依言而行，由金色狐火築成的高牆消失了，呈現在眾人面前的依然是原來的小巷。

可是，那些鮮明的色彩卻都不復存在，路面、圍牆、屋宅全都變成昏黃的色調；不單如此，甚至就連漆黑的夜空也逐漸被這份昏黃吞噬。轉眼，僅剩下織女等人還保有自身的色彩。昏黃色包圍著他們，他們就像身處曝了光的老舊照片裡。

而除了他們之外，還有一個顏色也仍然存在——

黑色。

如今只有一人大小的黑暗在織女他們眼前停止蠕動，緊接著其餘色彩從底下滲冒出來。紅色的服飾、白色的面具、金色的髮飾，只不過一眨眼，引路人的身影就又再度出現。

紅衣女子舉起手摘下面具，露出的卻是林雪依的臉。只是她的雀斑消失了，嘴唇紅艷，一雙眼眸則是猩紅似血，散發著不祥紅光。

「我想成爲傳說，成爲與眾不同。」林雪依的聲音說。

「我想成爲眞實，不單存在於人們的口耳之間。」引路人的聲音說。

女孩的嗓音和女子的嗓音疊合一起，如同怪誕的樂曲，「現在，我倆的願望都實現了。」

「妳是誰？林雪依？」蘇染向前一步，長刀舉起。

「引路人？」蘇冉也向前一步，刀尖直指前方。

「我是林雪依，我是引路人。」紅衣女孩眼眸中的紅光愈發熾亮，「我是吞噬她們、融合她們的瘴！」

女孩放聲高笑，鮮紅的衣襬、袖角剎那間化出大量紅蝶，泛著螢光的紅蝶漫天飛舞，眼看就要遮蔽眾人的視野。

但是，有更多細碎的金色光芒竄現，多簇金黃色火焰馬上將紅蝶包圍吞噬，燒成灰燼。

「線之式之七，百雨！」而緊追在金焰之後出現的，則是如雨絲密集刺下的白線。

更多紅蝶被貫穿了身體，釘在路面上。

「我不管妳是什麼。」左柚冷著柔美的臉蛋，龐大的妖氣迴繞身周，「我要妳把宮同學還回來！」

「否則不論是對林雪依、對引路人，或是對瘴……」夏墨河拉開指間白線，柔和的微笑自唇邊漾開，然而黑眸卻是森冷一片。

「妾身會要汝等知道，」織女走上前來，身旁兩側是蘇染、蘇冉提刀護立，她直視紅衣女孩，稚嫩的聲調迸發威嚴，「何謂眞正的付出代價！」

那份異常的威勢讓紅衣女孩的眼中閃動異光，她舔舔紅唇，她嗅得出那是討厭的神氣。

可是，吃掉的話會獲得更大的力量吧。

啊啊，就像那名也懷有奇異力量的人類孩子……將他、將那神……女孩咧出笑，身體深處還湧出了屬於引路人的呢喃。

通通吃掉吧，成就我們的存在。

紅衣女孩倏然以袖遮去半張臉，咯咯笑起，「想要回那名人類就自己來找吧，找到他，找到我，否則你們將無法離開這個世界！」

隨著話聲落下，艷麗的紅色乍然散逸，大大小小的紅色蝴蝶朝四面八方迅速飛去。

留在小巷裡的就只有那聲像是挑釁的咯笑。

來找吧，快來找吧，捉迷藏的時間開始了……

第九針

明明該是即將入夜的時候，但放眼望去，眼前的世界卻盡被昏黃的色澤籠罩，給人一種錯覺，幾乎要以爲現在是黃昏時刻。但是左柚心底清楚，此刻所見的一切都是引路人——或者說是瘴，或者說是林雪依——所製造出來的幻覺，他們所有人都被關在對方的世界裡。

褐金長髮的狐耳少女急促地喘了幾口氣，腳下步伐不敢停下，心中只有一個念頭，那就是盡快找到宮一刻，找到那名白髮少年！

左柚也知道身邊另外兩名同伴和她有相同的想法。

相貌英挺的高個子少年繃著臉，嘴唇緊抿，不發一語；一雙大眼令人想到小動物的鬈髮女孩難掩緊張，但同樣安靜地沒多說一句。

和左柚一塊行動的人，是蔚商白和蔚可可這對兄妹！

當林雪依的身影化成無數紅蝶消失無蹤後，昏黃小巷裡驟然瀰漫起一陣白茫的濃霧。這陣霧來得快散得也快，然而全數散盡後，左柚三人頓時也錯愕地發現，除了他們以外，其他人竟不知消失到何處了。就算極力放聲呼喊，也得不到一點回應。

無從得知織女等人的下落，被留在原地的三人作出了共同的決定：不管如何，先想辦法在這個世界裡找到一刻的蹤影再說！

左柚還記得紅衣女孩留下的話：想離開這裡，就必須找到她以及一刻。

雖然若是使上全部力量的話，或許能對這個世界造成破壞，但左柚無法保證這樣做會不會傷到一刻，她不敢拿這點來冒險。

兩名神使抱持著相同心思，與妖狐少女不停地奔跑著，遇到路口就轉，如果遇到岔路口，則是輪流以各自的直覺判斷。

沒人知道他們跑了多久，無論是手機、手錶，任何能辨別時間的東西在這都失去了功用。

——直到蔚可可氣喘吁吁地大叫一聲。

「等一下！等、等一下……」有著甜美臉蛋的鬈髮女孩彎腰壓著膝蓋，上氣不接下氣地用嘴巴大口呼吸，緊接著抬起頭，看著停步下來的蔚商白和左柚，「哥、左柚……你們有沒有注意到一件事？」

「什麼事？」蔚商白語氣簡潔，同時內心暗忖，事後絕對要鍛鍊自己妹妹的體力。才跑一段路就喘成這樣，像什麼話！

「等等，哥！你該不會是在想什麼每天要我跑一公里的恐怖計畫吧？」蔚可可就像是直覺地感到危險，飛也似地彈起身子，雙手交叉胸前，眼內寫滿警戒，「不可以，你妹會死的！你捨得虐待這麼可愛又善良的妹妹嗎？」

「相信我，妳再多廢話一句，」蔚商白面無表情，眼神冷酷，「妳現在就可以知道『死』怎麼寫了，蔚可可。」

「噫！我說、我說，人家本來就要說了嘛！」蔚可可慌慌張張地嚷道，作爲防禦的兩隻手臂不敢放下，「哥，你眞的沒注意到嗎？我們現在的位置……」

「南陽大樓？那棟難道是南陽大樓？」左柚忽然驚異地抽了口氣。

蔚商白瞬間轉過視線，朝左柚凝望的方向看去。

前方不遠處，一棟十多層樓高的大樓，在四周低矮建築物的映襯下鶴立雞群，令人一眼就看見它的存在。

蔚商白俊秀的臉孔不禁掠過一絲愕然。他認得出那棟大樓，他之前曾在那兒打工，自己妹妹還在那兒補習。

爲什麼他們會跑到這裡來？南陽大樓距離他們先前待的位置非常遙遠呀！

「該不會……」左柚低呼一聲。她也清楚南陽大樓的方位，她當初就是在那兒認識一刻的，還受到有心人士操控，被迫引發出一連串事件。隨即她也憶起自己第一次被困在這個昏黃世界的經歷——不管怎麼跑，就像闖入一座尋不著出口的迷宮。

左柚馬上將自己曾碰上的事告訴蔚氏兄妹。

蔚可可驚奇地瞪圓眼睛；蔚商白在片刻吃驚後，便重拾冷靜。這樣的事還在他的理解範圍內，他們所在之處畢竟不是生活中眞實的潭雅市，就算所有街道都被扭曲了也不足爲奇。

「哥，我們現在要怎麼辦？」蔚可可望著周遭的昏黃巷弄，努力壓下心中的不安。

「看著辦，不要跟丟了。」蔚商白的左手背浮現神紋，雙手同時各握住一把烙有碧紋的長劍，「沒人知道下個路口會接到哪裡。」

「知道了！」蔚可可趕緊也召出自己的武器，長弓架起，手指捏住碧綠光束化成的箭矢尾端，警戒萬分地留意著四下情況，深怕無預警冒出了偷襲。

倏然間，前後兩端巷口再次生成白霧，立時就瀰漫大半景物，隨即在白霧裡竟隱隱浮現出人形的輪廓。

左柚心中瞬凜，迅速召出多簇狐火。但就在她即將催動那些火焰的時候，她原本要揮下的手指卻靜止在半空中。

褐金長髮的少女睜著眼，怔征地看著那張在霧氣裡乍隱乍現的模糊面容。她看得不是很眞切，但那人卻給她莫大的熟悉感，牽引著她向對方走去。

這一刻，左柚像是遺忘了周遭情況，也像忘了自己身後還有蔚商白和蔚可可。她慢慢朝霧中人影走去，彷若無意識地伸出手，手指朝那隻也向自己伸出的手遞去。

就在白皙指尖碰觸到那隻手的剎那間，左柚的瞳孔猛然縮細，危險的金光迸現，她猛地反施力道緊抓住那隻手。

金色火焰自兩人相貼的皮膚下飛也似地湧現，轉眼就將霧中人影的手臂連同整個人包圍起來。

「當眞以爲可以輕易糊弄四尾妖狐？」左柚柔柔地說，語氣、眼神卻是無比冰冷。

金焰迅速加大，肆虐的火勢馬上就將霧中人影吞噬殆盡。狂猛的烈焰中，只見黑色人形越漸變細，最後扭曲地灰飛煙滅，留下的只剩淒厲的尖叫。

而就在那聲尖叫散逸的下一秒，又是一聲慘烈的號叫。

這次傳出的方向卻是左柚後方！

左柚連忙回頭，撞入那雙金黃瞳孔的，是一抹扭曲的黑色人影即將消失的情景。人影的身上插著一支碧綠光箭，身軀還被兩道切口從肩胛劃開。

「你這個……」蔚可可拉開的彎弓上又憑空生出一支光箭，她的肩膀在發顫，與其說是畏怕，更像是怒氣已忍無可忍。她咬牙切齒地大叫，捉著箭尾的手指猛然鬆放，「冒充理花大人的王八蛋！」

在女孩怒氣沖沖的叫喊中，碧綠色的光箭貫穿人影的頭顱。

人影發出更尖厲的悲鳴，轉瞬間就和白霧一併消失殆盡。

射出最後一箭的蔚可可就像脫力般蹲在地上，抹去武器的存在，抱著頭哀叫出聲，「哇啊！我做了……我眞的做了……就算那是假的，但是我竟然對著理花大人的臉……理花大人對不起！」

就算不甚清楚蔚可可口中的「理花大人」是誰，左柚也猜得出另一抹霧中人影恐怕是變幻成對這對神使兄妹極爲重要的人。

「嗚嗚嗚！理花大人妳一定要原諒我啊……」蔚可可吸了吸鼻子，將射出箭的手往裙子擦一擦，想擦去那種感覺。

「面對妳的哭哭啼啼，恐怕只會增加理花大人的煩惱。」相較之下，負責砍出兩劍的蔚商白卻是無動於衷。對這名少年來說，僞物就是僞物，就算與賦予他們神力的淨湖守護神相同相貌，也不能改變這個事實。

他不客氣地踢了自家妹妹一腳，再一把將人抓起，「把哇哇叫的力氣省下來，動動妳的腦子。」

「動動我的腦子？我的腦子就在頭裡，怎麼可能有辦法……哈哈哈，對不起，我只是開個小玩笑。」瞥見兄長的表情沉了下來，蔚可可急忙給自己的嘴巴做了個拉上拉鍊的動作，表示自己不再亂說話。可是很快地，她突地睜大眼，手指指著自己的兄長。

蔚商白壓根沒再多理會又在耍寶的妹妹，自顧自地和左柚交換起對現在情況的意見。

見自己被人忽視，蔚可可急得跺腳，一把扯住了兄長的左臂。

「哥！」她大叫，「在要人動腦之前，先看你自己的手啦！它在發光，它在發光耶！」

確實如同蔚可可所言，蔚商白的左手正在發出光芒，不，更正確的說法應該是蔚商白左手上的神紋正在發光。

深綠色的光芒在這個被昏黃覆蓋的世界裡，顯得格外顯眼。

蔚商白眼中利光一閃，對這異常的狀況只吐出兩個字，「果然……」

「果然？果然什麼？哥，不要這時候還裝神祕啦！」蔚可可急得想知道一切，「你這樣怪不得交不到……呃，我什麼都沒說……真的！」

「蔚可可，我叫妳動的是腦子，不是嘴巴。」蔚商白冷厲地瞪了自己的天兵妹妹一眼後，又說，「在什麼狀況下，敵方會特意派人阻撓對手前進？」

「咦？這個、那個……」蔚可可一時呆住。

「莫非是……」反倒是左柚立刻反應過來，她睜大翦翦金眸，「我們接近對方了？或者，我們接近的是對方不願讓我們找到的東西？」

蔚可可馬上回想起剛剛林雪依的話。也就是說，她製造阻礙是為了……

「我知道了！」蔚可可驀然擊掌大叫，「是宮一刻，我們快要接近宮一刻了！」

蔚商白難得給自己的妹妹一抹讚許的眼神，但這下子陷入困惑的人卻變成了左柚。

「請問，我不明白……」左柚茫然地搖搖頭，「為什麼能肯定就是宮同學呢？」

「因為這個，我哥的神紋哪！」蔚可可像獻寶般抓起蔚商白的左手，「會和我們神紋產生呼應的，就只有我們神明大人的力量。宮一刻的身體裡正好寄宿著理花大人的分身，理華。我哥的力量比我強，他的神紋先有反應也是正常的。」

「太好了，可可，幸好妳真的不是個笨蛋。」蔚商白嚴肅又帶有一絲欣慰地說。

「哥！」蔚可可氣惱得想跺腳，她難得可以賣弄一下，居然這麼不捧場。

不過在瞧見兄長的雙眼斂起，情緒化爲冰寒之後，她也快速整理心情，眼下可不是鬥嘴的時機。

「左柚、左柚。」蔚可可挽住妖狐少女的手臂，眸裡閃動燦亮光采，「平常都是英雄救美的故事，這次就換我們美人救英雄吧！」

「沒問題的，一定會救回宮同學，就像他上次幫助我那樣！」左柚大力地點著頭，柔美的臉蛋滿是堅毅。

「可可，我不想吐妳槽，但妳自稱『美人』，讓我這個做哥哥的都有些聽不下去。」蔚商白只讓自己的右手握住碧綠長劍，在自家妹妹發出抗議的哇哇叫前一秒，他果決下令，「我們走！去帶回宮一刻！」

去帶回那個對他們也同樣重要的朋友！

□

「織女大人，請等一下！」

在黑髮小女孩欲向前再踏出前，一隻細白的手臂飛快伸出，將那抹嬌小人影攔了下來。

織女眨眨眼，轉過身子，納悶地仰頭望著阻止自己前進的纖細少年。

今日穿著女生制服的夏墨河對她搖搖頭，再指了下前方——一處巷口轉角。

「織女大人。」夏墨河柔聲地說，「妳別走得太快，這地方明顯不太對勁。」

「不太對勁？」織女露出更困惑的表情，「可是部下二號，不管妾身怎麼看，這裡就只是條很普通的小巷……唔，除了它整條都是黃色的。」

「不，我的意思是，這裡已經不是我們所知道的潭雅市了。」夏墨河瞇細眼，端望著此刻他們一群人所處的巷弄。

除了他和織女，在場的還有尤里以及蘇氏姊弟，並沒看到左柚和蔚氏兄妹。

自從林雪依的身影化爲眾多紅蝶消散後，當時織女等人所在的巷子，便飛快地漫出詭異的白霧。這陣白霧雖然馬上便散去，但他們立刻震驚地發現到，消失的不僅是霧氣，就連左柚、蔚商白和蔚可可也一併消失了。

在遍尋不著三人的情況下，他們決定先展開行動，留在原地並不會有任何結果。

只不過目前仍毫無線索，一行人也只能走一步算一步。幸好他們目前所處的世界，雖然只剩下昏黃的顏色，但一切仍和潭雅市相同。

如今他們已來到一刻家附近的區域。

而現在，夏墨河卻不知爲何說出了「這裡已經不是我們所知道的潭雅市」這句話。

不只織女困惑，連尤里也一臉迷惑地靠了過來，「墨河，你指的是什麼意思？我們剛才不是確認過，已經走到一刻大哥家附近了嗎？」

「是的，但那是指剛剛為止。」夏墨河的目光越過尤里和織女，與另一邊的藍眼少年和少女對上視線，「相信蘇染同學他們會比我更清楚。」

「哎？哎哎哎？小染和阿冉也知道？究竟怎麼回事？為何妾身聽得糊塗？」織女有些氣惱地跺了下腳，一點也不喜歡這種一頭霧水的感覺，「快告訴妾身，妾身要知道啊！」

「這裡不是一刻家附近的巷子。」蘇染清冷的聲音響起，緊接在她之後的是屬於蘇冉一貫冷靜的嗓音。

「一刻家旁邊沒有這條巷子。」

雖然蘇染和蘇冉開了口，然而織女和尤里卻是聽得更加一愣一愣。

半晌，尤里舉起手，「那個……請問有更加簡單易懂的版本嗎？呃，就算說得再白痴一點也沒關係。」

「什麼？等一下，妾身可不是笨蛋！」織女登時瞠大眼，不服氣地挺起小胸膛，「妾身可是聽得懂的，不過為了體諒部下一號，所以部下二號，妾身允許你用最簡單的方式重新解釋一遍！」

「我明白了，織女大人。」夏墨河忍住唇邊那一抹笑意，神情柔和地說道：「尤里你沒發現是正常的，你比較少來一刻同學家。織女大人則是大多時候都跟著一刻同學走，所以對一刻同學家附近的環境也不會格外留意。可是，我們現在待的這條巷子，並不存在於一刻同學家的四周。換句話說，我們在不知不覺間到了不明地點。」

尤里這下聽懂了，但他不禁不安地嚥嚥口水，「墨河，也就是說、也就是說……這裡的路其實是扭曲的嗎？所以就算照著記憶的路線走，也可能會不知道跑到哪裡去？」

「是的，我想應該就是這樣。」夏墨河輕點著頭，「因此我才會請織女大人別走太快。」

「原來……不對啊！那喜鵲怎麼辦？」尤里驀地變了臉色，慌張地指著上空，又指指織女，「喜鵲不是負責飛到空中探察？這樣一來她不就……」

尤里後面的句子全卡在喉嚨，他張著嘴，原本指著織女的手指慢慢地移至織女頭頂上……那裡，正盤腿坐著一名僅有巴掌大的細辮子少女，她狀似無聊地打著哈欠，背後的雙翅輕巧地收攏著。

尤里目瞪口呆，「喜喜喜喜……喜鵲!?妳是什麼時候回來的？爲、爲什麼妳有辦法……」

「啊啊？」喜鵲放下遮著嘴巴的手，烏黑的眼眸橫睨一臉震驚的小胖子，「爲什麼我不能回來？胖子，你是巴不得我一輩子都不要回來嗎？哇！沒想到你的心腸這麼歹毒！」

「咦？不、不是……」尤里鮮少被喜鵲當作靶子，面對一連串不留情的毒舌攻擊，他不禁慌了手腳。

「喜鵲，別故意曲解部下一號的話。」織女警告。

「明白啦，織女大人！」喜鵲在織女頭頂上擺出個敬禮的姿勢，接著又瞥了尤里一眼，「我爲什麼回不來？胖子，你是笨蛋嗎？織女大人在這兒，我當然回得來。空間扭曲是一回事，我找得到織女大人是一回事。附帶一提，你們的注意力現在該放在我身上嗎？」

喜鵲忽地掩嘴，細細笑出聲，「我回到這裡時，可是看見有奇怪的霧往這邊靠近囉。」

奇怪的霧？眾人心底不由得一凜。

就像事先達成某種默契，他們立刻顧守在織女四周，將她圍在中心，各自握緊武器。

果然沒多久，喜鵲口中的霧便從四面八方漫了過來。

夏墨河不敢掉以輕心，他拉扯住白線，屏氣凝神地注視霧裡是否有任何異常。

驀地，綁著馬尾的秀麗少年鬆了手指，眼眸大睜，瞬也不瞬地望著自霧中顯現的模糊人影，他無法自制地喊出兩個字。

「小荷……？」

夏墨河身旁的尤里沒錯過他的話聲，但這卻讓他更加驚疑——

夏墨河口中的「小荷」，除了他妹妹夏墨荷外，別無他人。但……但……夏墨荷早在五年前就過世了啊！

眼看夏墨河如同受到什麼引誘，不自覺地往前方霧氣走，尤里趕忙拋下鐵色大剪刀，慌張地拉住對方的手臂。

「墨河，你在做什麼？那裡什麼都沒有啊！」尤里拉高聲音大叫著，然而還沒將夏墨河拉回，耳邊就又聽見一聲驚叫。

「小染！阿冉！」

那是織女的叫聲。

尤里飛快轉過頭，不敢相信就連蘇染他們也像著了魔，逕自往另一個方向走。憑織女的小胳膊、小力氣，根本沒辦法一口氣抓住兩個。

尤里想分出力氣幫忙，可是他也無法撇開夏墨河不管。

誰知道如果眞走進霧裡，究竟會發生什麼事。

「墨河，停下來！你有聽到我的話嗎？」夏墨河外表纖細歸纖細，力氣卻也不小，尤里拉得辛苦，一張圓臉漲成通紅。好不容易拖回幾步，卻發現眼角似乎又出現一抹人影。

尤里嚇了一跳，但是當他看清人影部分輪廓後，心中的警戒頓時消散，原本緊抓住夏墨河的手更是不知不覺鬆開了。

「小千……」尤里彷彿被攝去心魂，連織女心焦的叫喊都沒聽見，一雙眼睛只能怔怔地注視自霧中向他伸出手的美麗少女。

烏黑筆直的髮絲，端麗的容姿，還有那身典雅的氣質，無論怎麼看都是花千穗。

尤里一步步朝那名對他伸手的人影走去。

人影輕啓紅唇，吐出溫柔的聲音，「尤里，留在這兒，和我在一起。」

「我……」尤里伸出手，但他的手指卻遲遲沒有握住人影，「我如果答應了，小千會生氣的。而且……我也不想要跟冒充小千的人在一起。」

人影的微笑凍結，可還來不及有所動作，就見面前有鐵色光芒一閃而過。

「小千她還在家裡等我回去啊！」尤里闔起張開的剪刀柄，在人影的防護碎裂、少女姿態的外貌崩散時，收攏的鐵色剪刀猛力地往前扎刺過去。

刺耳高亢的尖叫迸發開來，卻不僅僅只有一聲。

數聲尖叫同時在巷內響起，三抹黑影扭曲變細，最後灰飛煙滅。

「假扮成我的小荷，當眞以爲可以完全矇騙過人嗎？」夏墨河手中的線狀長槍化爲原本柔軟的白線，再次纏繞到指間。他唇畔凝著一貫溫和的笑，可眼中是還未盡數褪去的冷酷。

「只不過是個假貨。」蘇染神情淡漠地一甩刀。

「爛透了。」蘇冉冷冷地說。

雖無法從這對姊弟口中得知他們看見何人，但光看他們的態度，十之八九也能猜出答案。

「部下一號、二號、還有候補，你們是想嚇死妾身嗎？」織女急急跑上前，心臟還在爲剛才那一幕緊張地撲通撲通跳。她拉住尤里和夏墨河的手，小臉盡是氣惱和埋怨，但除卻這些卻是更多的擔憂。

「呿，居然沒被帶走呀。」喜鵲則是小小地嘖了一聲，對事情的發展略有不滿。

殊不知這一聲卻讓蘇冉聽見了，但藍眼少年只是掃過一眼，就將視線轉向和自己極爲相似的面孔上。

「妳看見了？」蘇冉扯下耳機。

「你聽見了？」蘇染收起眼鏡。

「小染？阿冉？」織女一頭霧水地望著簡直像在打啞謎的雙胞胎姊弟。

蘇染和蘇冉像是沒聽見他人的聲音，他們彼此對視。

「看見了。」蘇染說。

「聽見了。」蘇冉說。

下一秒，兩人猝然同時有了行動。他們迅雷不及掩耳地提刀迴身，身形快如電矢，眨眼間竟是朝織女的方向衝去。

細眉大眼的小女孩被這一幕嚇傻了。

「蘇同學！」

「小染！阿冉！」

目睹此景的夏墨河和尤里一駭。

「你們膽敢！」喜鵲則是變了臉色，總是透出古靈精怪神色的眼珠竄閃出莫大的憤怒，她身形一晃，立刻化成常人大小的身軀擋在織女面前。

但是蘇染與蘇冉的速度更快，他們瞬間自旁繞過，再同時逼近織女，赤紅長刀一併舉起。

織女反射性摀住眼睛，感覺兩道冰冷的刀風掠過身邊，然後是某種刺進硬物的聲音。

咦？織女一愣，慢慢地張開手指，從指縫間向外看。

兩把長刀筆直地插進了路面，插進她身下的影子。

還來不及問出蘇染的舉動爲何，織女便看見自己的影子呈現不正常的蠕動。

不對，如果她沒動，影子怎麼可能會動！

顯然也發現到這點，喜鵲迅速撈過織女，抱著她飛退數大步。

尤里不敢置信地抽了大口冷氣，一幕詭異驚人的景象呈現在眾人眼前。

那團被長刀刺中的黑影居然還留在原地，痛苦地大力翻騰著。

「爲什麼……」黑影發出了聲音，「爲什麼會被發現——」

隨著一聲尖銳大叫，翻騰的黑影驟然像水柱般拔起衝高，轉眼又化成一抹鮮紅身影。

身裹紅衣的林雪依踉蹌數步，紅袖半掩著臉，一雙眼睛布滿驚怒之色。

爲什麼會被發現？她明明藏匿得很好，只要趁那些神使沒注意，就能將那名神吃了啊！

「抓到妳了，捉迷藏時間結束。」失去眼鏡的遮掩，蘇染的藍眼如同寒冰，令人分不清是她的刀冷抑或眼更冷。

蘇冉直接以刀尖比向林雪依，表達自己的意見。

「不、不……」林雪依喃喃，猩紅的雙眼閃動光芒，「還沒結束，你們碰不到我也找不回宮一刻，你們註定要留在這個世界，然後成爲我的養分！」

林雪依的身影再次崩化成紅蝶，飛也似地竄向另一處街頭。

蘇染、蘇冉提刀就追。

「你們兩個人類，照顧好織女大人，少一根頭髮都不行！」喜鵲說出了讓夏墨河和尤里吃驚的話。無視他們驚訝的表情，她張開背後雙翅，白瓷般的臉蛋露出毒辣的笑，「只不過是低下的妖怪，居然敢藏匿在織女大人的影子裡？我啊，可不會輕易善罷干休的！」

「慢著，喜鵲！妾身不許……」織女焦急地伸出手，但是那抹靈巧的身影只不過一拍翅，便已消逝在視野之內。

織女氣急敗壞地一跺腳，「妾身都說慢著了！這世界還有一刻在，萬一貿然傷害瘴，間接傷害到一刻該怎麼辦？」

「織女大人，我覺得這時候我們還是盡快追上，以免道路又遭到扭曲。」夏墨河迅速壓下對喜鵲激動反應的吃驚——那名總是冷眼旁觀或是幸災樂禍的少女，竟然也會有這樣的情緒——他背向織女蹲下身來，「織女大人，請攀好我的背。我的體力或許比不上一刻同學，但這樣應該是最方便的辦法了。」

織女也明白，憑自己兩隻細細的小短腿，別說是追上人，沒扯人後腿就算慶幸了。

她沒有猶豫，立刻圈抱住夏墨河的脖子，讓他揹起自己。

夏墨河側臉看向尤里，黑眸溫和，「尤里，你一定要跟緊。要是落後，我沒辦法像一刻同學那樣幫你，最多是用線捆住你，拖著在地上跑了。」

「噫！不用幫、不用幫，我一定會好好跟緊的！」尤里在心中想像著畫面，忍不住哆嗦了一下，馬上挺背做出個發誓的手勢。

夏墨河深呼吸，柔和的眉眼斂去情緒，取而代之的是露出稜角的凌厲。他左手腕上的神紋冒出淡淡光芒，本來總纏在手中的白線登時繞至他的身前。

夏墨河張唇，「線之式之三——引路！」

柔軟白線化成筆直，瞬間像獲得了生命力，自主地衝向前方。

第十針

大量妖冶的紅蝶在巷弄間飛快前行，牠們一下聚合像要凝出人形，一下卻又散開繼續往前飛舞。

「啊啦，區區的蝴蝶，還以為能比我快嗎？」如銀鈴悅耳的笑聲無預警地自上空落下，緊接著無數尾端銳利的羽毛灑下，眨眼間便貫穿了不少紅蝶，將牠們牢牢釘死在路面。

一抹纖巧的身影落足在圍牆上，綁著多條細辮子的荳蔻少女輕拍一下背後的翅膀，居高臨下地望著由剩餘紅蝶聚合起來的人影跌坐在路間。

喜鵲眨眨古靈精怪的眼睛，嘴角卻是噙著譏誚。

「不會吧？不會吧？」她唱歌般地說著，「虧妳吞了那麼多東西，結果只有幻術能看？」

「住口……」林雪依說。

「噗噗，不過我想也是啦。」喜鵲在圍牆上蹲下身子，雙手托著腮，彷彿沒瞧見被羽毛釘住的紅蝶就像一灘爛泥般崩融形體，「雖然吞了一個人類，不過也只是一個過著安逸生活卻怨天尤人的笨蛋人類。雖然吞了引路人，但那本來就只是傳說的聚集體，實際上也沒多大的力量。哇喔！這實在太神奇了，妳有吞跟沒吞差不多耶！」

「我叫妳住口！」林雪依的紅瞳亮起不祥的光芒，融在地面的液體瞬間像血紅色的箭矢，射向圍牆上的細辮子少女。

「討厭，這樣就惱羞成怒了嗎？」喜鵲卻是咯咯高笑，體型驀然縮小，巴掌大的身影輕而易舉地閃過那些攻擊。

只不過就連她也沒有料到，當她閃過血紅色箭矢，才一轉身，眼內又立即撞入一片怵目又妖艷的紅。

戴上半截面具的紅衣女孩低頭俯望著喜鵲，從紅唇內滑出的不是林雪依的聲音，而是屬於引路人的柔滑。

「嫉妒、怨恨，妳的身上也有著強烈的味道。向我許願，我可以實現妳的願望。」

「什……！」喜鵲臉上在這瞬間閃過狼狽，彷彿自己藏在內心最深處的盒子被人撬開了一角。

覆著「引」字面具的紅衣女孩伸出手，素白的手指兜頭朝閃神的喜鵲抓下。

然後那隻素白的手腕筆直地掉了下去。

「呀啊啊啊啊啊！」紅衣女孩摀著斷腕切面，連連退了多步，沒有被遮住的半張臉孔因爲痛苦而扭曲。

「沒有人要那種虛假的願望。」黑髮藍眼的少女舉著刀，冰冷的語氣像能凍徹心扉。

「把一刻還來。」黑髮藍眼的少年一腳踩住猶在掙動的手腕，眼神同樣森寒。

「沒有人要……但是，當年的你們不是要了嗎？」紅衣女孩高高低低地笑起，她放開摀著斷腕的手——奇異的是，沒有流下一滴血——用完好的手指指著蘇染和蘇冉，「妳、你，你們不就向我許願了？你們的意志成就了我的身體，就連我也沒想到，當年那兩個孩子居然有著奇異的力量。」

頓了頓，紅衣女孩咧開嘴，露出潔白的牙齒和紅色的舌頭，她呢喃輕語，「所以，一切其實都是你們的錯呢。你們向我許願，你們的力量成就了我，而我只是要帶走那孩子作爲代價。認眞說起來，這些並不是我的錯，因爲……」

「犯下錯的明明是蘇染你們！」林雪依的聲音尖銳地自那張紅唇中溢出，連綿不絕就像惡毒的詛咒，「是你們的錯！你們的錯！一切一切都是你們的——」

「能夠說是他們錯的人只有宮一刻。」在高亢得近乎歇斯底里的尖叫聲中，卻有一道堅硬如鋼鐵的聲音筆直地貫穿，「可可，動手！」

「收到啦！」旋即又一道聲音響起。

紅衣女孩反射性仰高臉，面具從她臉上滑落，在那雙錯愕大睜的眼眸裡，倒映出路燈上佇立著一抹人影的景象——外貌甜美的鬈髮女孩拉開彎弓，緊接著放開捉著箭尾的手指。

碧色光箭以超出想像的速度射下，在途中甚至分出另外兩截相同的碧影。

三支光箭撕裂空氣，咚、咚、咚的三聲，箭頭狠狠扎進了紅衣女孩的身體裡。

正好追來的夏墨河等人見到的就是這一幕。

「蔚同學？」夏墨河訝然，沒想到分散的同伴會在此出現，他立即放下織女，細白手指快速揮動，「線之式之一，封纏！」
原先引領他們方向的白線即刻改變型態，剎那間的工夫就纏上紅衣女孩的身軀，封住她的行動；同時，又有多簇金色火焰飛來，像是第二層封鎖般圈在紅衣女孩四周。
「左……左柚！」尤里一眼認出那是屬於四尾妖狐的狐火，頓時感到又驚又喜。
織女卻沒多看蔚可可或左柚一眼，她的注意力早在蔚商白出現的時候，就停在他的身上。但她看的卻不是蔚商白，而是被他撐扶住的白髮少年。
「一刻……一刻！」織女壓抑不住內心的巨大喜悅，三步併作兩步地衝上前，她甚至沒聽見蔚商白急促地喊了一句「織女大人請等一下」，嬌小的身子就已用力地撲向一刻。
突來的強烈衝力撞得蔚商白腳步不穩，不自覺鬆開了手。
白髮少年的身子就在織女面前朝路面倒下。
織女睜大眼，腦內一片空白，一時間竟只能怔怔地看著那具身子墜落、再墜落。
「一刻！」
「一刻！」
兩抹相似的人影快如電地掠出，及時接住那具險些撞上路面的身子。
即便發生這麼大的動靜，白髮少年還是一動也不動，他閉著雙眼，如同陷入深深沉睡。
「一刻？一刻！」蘇染清麗的面容流露驚慌。

「一刻怎麼了？」蘇冉飛快追問蔚商白。

「我不知道，找到時就是這樣。」蔚商白低聲說。

「哎呀，白毛睡死了嗎？睡得醒不過來了嗎？」喜鵲拍拍翅膀飛來，嘖嘖地端詳著一刻的臉龐。

「住嘴，喜鵲！妾身的部下三號怎麼可能醒不過來！」織女緊緊抓住一刻的手，「一刻會醒來的，他不醒來，妾身會將他所有的玩偶全部丟掉！」

可是，那雙緊閉的眼還是沒有睜開，將房間玩偶視作寶貝的白髮少年並沒有氣急敗壞地跳起大罵。

織女的小臉逐漸壓抑不住心慌，她用力地推晃著一刻，黑眸內浮上水氣，「部下三號！起來啊，妾身命令你起來啊！」

一刻還是連一點細微的反應也沒有。

織女咬著下唇，小手摸上一刻的心口。她深深吸一口氣，指尖倏然凝聚白光，旋即探入一刻的身體內部。

也不知道是感應到什麼，織女臉上的血色一口氣褪去。

「不、不……」外貌稚幼的神明不敢相信地喊道：「被取走了！一刻的意識被取走了！」

織女瞬間扭頭望向被左柚與其他神使監守的紅衣女孩。

四肢被白線纏住，身體還插著三支光箭，即使是這樣，紅衣女孩還是咯咯地笑出聲音了。

「咯咯咯！嘻嘻嘻嘻！哈哈哈哈哈！」她笑得樂不可支，笑得上氣不接下氣。

她張嘴，三道不同的聲音疊合在一起，「現在才發現，會不會太晚了一些？」

當這陣聽起來只覺詭異的聲音落入眾人的耳內，與此同時，還有另一道聲音也出現了。

這道聲音並不格外響亮，但卻格外清晰，伴隨著紅衣女孩身上裂開的裂縫，一點一滴進入所有人耳中。

「嗚噫！」蔚可可最先發出悲鳴，俏臉刷白，舉著弓的手指在顫抖。

在眾目睽睽下，紅衣女孩的肚腹到胸口間，慢慢地被撕裂開來；然後，從裡面鑽出一隻漆黑異形的手，五指像尖銳的爪子，拇指和食指中間捏著一顆白色光球。

那隻突伸出來的第三隻手，立時靠近了紅衣女孩的嘴邊。

「那是什麼……」尤里也白了一張圓臉。畢竟從肚子裡又鑽出一隻手，這種應當只在恐怖片裡出現的場景，如今卻活生生地在他們面前上演。

「是意識體……那是宮同學的意識體！」左柚心急如焚，下意識想衝上前搶回。然而紅衣女孩卻張開嘴，作勢欲吞食下光球。

「居然……如此卑鄙……」織女擠出破碎的呻吟，小拳頭攢得死緊。

就算原本不明白那顆白色光球是何物，但在聽到左柚喊出的話時，其他人也只能咬緊牙根，不敢貿然行動，就怕一刻的意識體遭到丁點傷害。

蘇染和蘇冉繃緊了臉，指關節泛成青白，彷彿要將刀柄給生生捏斷。

望著這一幕，紅衣女孩的臉上更顯得意，「卑鄙？怎能說我卑鄙？我從來就沒說宮一刻的意識體不在我身上呀。而且，我可不是一開始就將它咬碎吸收，而是先暫放在體內。雖然沒辦法吃掉那具充滿力量的身體有點可惜，不過先吃掉這個同樣有著力量的意識體也是可以的。喔喔，別亂動，也許你們的速度很快，但這時間夠我咬碎它，將它吸收殆盡。」

所有人都知道此話不假。

怎麼辦？怎麼辦？左柚慌得眼淚就要落下，但突然間，她感到衣內的手機傳來無聲的震動。她愣了一下，無法想像這時候怎會有簡訊傳來。

下一剎那，一個人名猛然躍上了左柚的腦海——牛郎！

左柚就像是溺水者忽然見到浮木般，立刻想查閱簡訊，但礙於動作不能太明顯，她心念一動，手機頓時出現她置於背後的掌心裡。

從眼角餘光看，左柚看見螢幕上只有一行字。

——打給我，現在。

巨大的困惑將左柚包圍，她完全不明白牛郎這封簡訊的用意。

沒有發現左柚的小動作，紅衣女孩無比愉悅地望著被迫動彈不得的神使們。

像是沒看見那些如同能殺人的眼神，她舔舔紅唇，張開嘴，指間捏著的光球送到了嘴邊。

住手、住手、住手——

「快住手！」

分不清是誰驚駭咆哮、尖叫。

左柚知道自己也淒厲地大喊出聲。在叫喊聲中，她同時也按下了能直接撥打牛郎電話的快速按鍵。

當電話撥出的瞬間，昏黃色的世界裡猛然迎來一記轟然雷響。

那聲音彷彿要撼動整個世界，銀白光芒映亮了視野所及，似乎可以撕裂一切。

這措手不及的變化震懾住紅衣女孩，她一時忘記動作，瞠大的雙眼內映出銀色閃電，如同蛛網般布滿整片天空，卻來不及捕捉到有兩抹快若離弦之箭的身影掠向自己。

當第二聲震耳欲聾的雷響砸落之際，兩道赤紅光芒已呈十字地在她的身前劃過。

紅衣女孩的驚愕表情凝結在臉上，像是不知發生何事。

接著，那張布滿驚愕表情的臉滑動了。

不單是臉，她的半邊身體滑離原來的位置，上半身與下半身也失去連接，啪啦一聲，那具裹著紅衣的身軀在路面上整整散成四大塊。

手持赤紅長刀的蘇染和蘇冉渾身散發著駭人的氣勢，臉上紅紋淒厲如火，一時間竟讓人覺得無法接近。

但是，就在那顆失去掌控的白色光球飛回進白髮少年體內、換來一聲細微的呻吟時，他們的表情倏然崩解。一看見白髮少年睜開眼，巨大的喜悅更是毫不掩飾地表露在外。

「一刻！」蘇染握著的長刀消失。

「一刻！」蘇冉一個箭步衝上。

但有兩抹身影卻比他們還要快。

「一刻！」

「宮同學！」

織女和左柚幾乎是同時撲向了一刻。

剛睜開眼睛，什麼狀況都還搞不清楚的一刻只能被撲得再倒回去。

「過分！太過分了！部下三號，你居然讓妾身如此擔心？」織女坐在他的身上，眼眶泛紅，小手大力地揪著他的衣領，乍見他甦醒的狂喜，讓她一時遺忘天空異變是因何而來，「妾身不會原諒你的，如果你沒有親自做特大號布丁賠罪的話，妾身絕對不會原諒你的！」

「宮同學、宮同學……太好了……」左柚的金眸內再也承載不住眼淚的重量，豆大的淚珠頓時叭答叭答地墜下，「我……我……」

一刻被兩名女孩的眼淚弄得手足無措，還來不及說出安撫的話，又見到蔚可可蹲跪在自己身旁，大大的眼睛滿是指責。

「宮一刻，你昨天居然爽我和我哥的約！你知道我被我哥虐待得多慘嗎？」

「妳是忘記那個『虐待』妳的當事人也在現場嗎？」蔚商白拎起自己的妹妹，冷硬的眉眼在對上一刻仍搞不清事情狀態的茫然表情後，閃現過一瞬的笑意。

「宮一刻，我和可可會向你討沒履行的約的。」

「一刻大哥！」尤里的胖爪子抓住一刻的一隻手，淚眼汪汪，「嗚嗚嗚！你總算醒過來了……眞的、眞的是太好了啊……」

「什麼？你們到底在說什……我操！尤里你這胖子，不要用我的袖子擦眼淚！」一刻一掌揮開了小胖子的臉，他抱著死巴著他不肯放的織女慢慢坐起，覺得腦袋內充滿著一堆亂七八糟的東西，甚至還有點發暈。

他看著周遭逐漸剝落的昏黃世界，似乎想起什麼，又似乎什麼也沒想起。

他還看見林雪依像昏過去般躺在路邊，身上不知爲何穿著一襲古怪的紅衣。

「一刻同學，我猜你有很多問題想問，不過待會兒我們有的是時間。」夏墨河柔柔一笑，「而且，我想有人更想和你說說話。」

一刻轉動視線，讓眼眸內映出兩抹相似的身影。

藍眼少女和藍眼少年一步步走近他，然後在他身側蹲跪下來，不發一語地用力抱住他的各一邊臂膀。

好半晌，才聽見蘇染和蘇冉同時低語：

「歡迎回來，一刻。」

一刻閉上眼睛，覺得身上承受的重量教人感到如此地溫暖。縱使他有許多疑問——他發生了什麼事？林雪依為什麼在這裡？這裡又是哪裡？——但此時此刻，所有思緒全化作一聲：

「啊啊，我回來了。」

引路人製造出來的昏黃世界繼續無聲崩解。

誰也沒注意到喜鵲若有所思地咬著指甲，喃喃自語著，「那分明就是雷神和閃電娘娘的雷電，但他們不可能下凡……既然如此，那股力量又是……」

更不會發現到，從林雪依身上悄無聲息地分出抹薄淡人影。

人影一沾地，即刻消失不見……

□

引路人拚命逃竄，她害怕自己會被那群年輕神使發現，進而將她消滅。

她髮絲凌亂，華麗的飾品早已不知在何時掉落了，鮮紅的衣襬、袖角隨著奔逃的動作翻動，乍看之下宛若一隻驚惶的可憐紅蝶。

她不想消失，她好不容易才成爲實體，但她的力量已隨著瘴的消滅而跟著失去大半……啊啊，再找人向她許願吧。向她許願，她就可以從純粹的意念中獲得力量。雖然比不上當年那對雙胞胎，可是只要經年累月……

倏然間，引路人發現前方一座公園的鞦韆上，竟孤伶伶地坐著一抹嬌小人影。漆黑的衣裙、漆黑的皮鞋，皮膚雪白得像會散發淡淡螢光，一頭筆直的漆黑髮絲遮住她低垂的臉。

縱使看不見人影的相貌，但引路人幾乎要因爲狂喜而顫慄。

──味道，她從來不曾聞過如此猛烈的味道，就連當年那對雙胞胎也無法與之比擬。

引路人忍不住彎起紅艷的唇，手心出現半張潔白光滑的面具。她將面具戴起，白皙的指尖前端化出一隻紅色蝴蝶。

在紅蝶的環繞下，她手提燈籠，款款地朝公園鞦韆走近。

每拉近一段距離，引路人就爲那強烈的欲望氣味而喉嚨發乾。

人影似乎沒發現引路人的接近，仍低垂著臉，有一下沒一下地輕晃著鞦韆。

「我聞到了強烈的味道，妳有願望嗎？」引路人吐出柔滑惑人的嗓音。

鞦韆的晃動停住了。

「願望？吾無願望。」人影抬起臉，一雙猩紅眼珠在面具後散發著不祥的紅光，「吾有的只是純粹的欲望哪。」

「妳……！」引路人驚駭得連退數步，映入她眼內的，赫然是張勾有紅紋的白色面具，隨後她便發現自己動彈不得了，她恐懼地扭曲著臉，爲著眼前的這幕景象。

宛若由黑暗堆砌出來的人影落足在地面，以她的腳下爲中心，超乎想像的大片黑影襲上了整座公園。

黑影像是活物般蠕動、翻騰，一點一滴吞噬著引路人。

「噫！」引路人發出悲鳴，「救命！放了我！請饒過我——」

「那麼宮一刻當初被妳抓走的時候，妳怎麼不放過他——吾怎麼可能會說出如此愚蠢的話？如果是吾，也絕對不會放過，會將之連皮帶骨，包括血肉都吃得一乾二淨，就像吾此刻對妳做的一樣。」

漆黑人影一邊聽著引路人絕望的號叫，一邊欣賞黑暗覆上她的身體、臉部的情景。

當引路人的嘴巴被黑暗淹沒之後，她再也發不出聲音了。

下一秒，那抹人形就像失去凝塑的水柱，嘩啦一聲崩散落地，徹底融入泥沼般的黑暗裡。

黑暗在眨眼間又回歸至人影的腳下，最後就像普通安靜的影子。

「雖然失去了大半力量，但吃起來味道還算可以。」人影摘下面具，紅色的小舌像在品嚐食物餘韻般輕舔指尖，「牛郎、織女皆已下凡，吾期待的戲就要上演了。吾，眞的眞的——」萬分期待。

尾　聲

在引路人事件結束後的隔天假日，一刻沒有前去蔚商白他們家履行約定，也沒有接受蘇染和蘇冉的外出邀約，而是留在家裡。

因爲他有件事必須處理。

「啊咧？小一刻你今天不出門嗎？」穿著大花睡衣，窩在沙發上看報紙的宮莉奈瞧見自家堂弟下樓，忍不住好奇地轉過身子，將下巴抵在沙發扶手上，一雙眼睛眨巴地盯著他瞧。照以往慣例，她家小一刻六、日通常都不在家，尤其是擴大交友圈後，不是被人拉去這兒，就是被人拉去那兒。

「我今天要大掃除。」一刻抱著雙臂，銳利無比的眼神從宮莉奈臉上移至她身旁的長桌。宮莉奈立刻用最快的速度跳起來，抓過垃圾桶，迅速將一早製造出來的垃圾全掃了進去，然後再用腳將垃圾桶踢回角落。

「咳咳！」年屆三十，但依然是張娃娃臉的女子以嚴肅的口氣說道：「小一刻，你剛什麼都沒看見。眞的，那只是錯覺！」

如果是平時的一刻，早就鐵青著臉罵出髒話。但今日的他卻有些反常，居然只嘆了一口氣！

宮莉奈頓時被嚇得不輕，趕忙一個箭步衝到一刻面前。

「小一刻，你怎麼了？」她緊張不已地撫上一刻的額頭，「你發燒了嗎？你犯相思病了嗎？」

「相思病？誰誰誰？誰犯相思病了？」彷彿聽到什麼不得了的消息，一抹嬌小的人影自廚房內啪噠啪噠地衝了出來。織女睜大圓亮的眼睛，眼神就像探照燈般往一刻和宮莉奈身上掃來掃去。

相較於織女的興奮，坐在她頭頂上的喜鵲則是一副懶散神色。

一刻的目光落至喜鵲身上一瞬間，在她察覺前又調轉回來。

「沒人犯這種病。」一刻沒好氣地瞪了織女一眼，「別聽莉奈姊亂說。」

「什麼啊，眞無聊……不是，妾身是說還好一刻你沒病呢。」織女甜甜地笑著。

「……不要以爲我沒聽見妳的眞心話。」一刻面無表情地說，隨即又看向一臉擔心的自家堂姊。

「小一刻，你確定你眞的沒事嗎？」宮莉奈憂心忡忡地問，「要不要莉奈姊帶你去看醫生？放心，打針不會痛的，我會請護士小姐溫柔……」

「莉奈姊，我是十六歲，不是六歲，哪可能怕打針？」一刻無力地揉揉額角，「還有，我沒生病，我身體好得很。如果妳讓我好好地整理家裡，我會更好。」

一刻放下手，目光轉爲犀利，「換句話說，在我整理完之前，妳不准待在家裡。」

「咦？」宮莉奈吃驚大叫，「等一下！小一刻，我也可以幫你的！」

「幫我製造更多垃圾嗎？謝謝，免了。」一刻皮笑肉不笑地回答。

「太過分了，小一刻……你居然連我都不相信？」宮莉奈露出哀怨的神情，沒想到難得的自告奮勇卻被乾脆地打了回票。

面對自家堂姊的控訴，一刻想了想，決定修正一下自己的話。

「我當然相信莉奈姊。」他說，「但我絕對不相信妳有整理環境的能力。」

宮莉奈大受打擊，幽怨無比地抱著坐墊縮在沙發上。

一刻對此視若無睹，只是拍了下手，下達驅逐令，「老子我要大掃除了，誰留下來礙事我就踢誰屁股，乖乖到外面的人則有免費的下午茶可以吃。」

不管是織女或宮莉奈，甜點對她們來說可是充滿著巨大的誘惑。頓時只見這一大一小的眼睛都亮了，兩雙手臂忙不迭拉住一刻。

「下午茶？妾身要吃！會有焦糖布丁，對吧？還有其他蛋糕！部下三號，你不能欺騙妾身哪。」

「小一刻，怎麼會有免費的下午茶？唔啊，不知道有沒有蛋糕吃到飽？」

面對著兩雙閃閃發亮的眼睛，一刻的唇角露出笑意，但很快又裝作嚴厲地繃住臉。

「別人給的招待券，期限到今天為止。」他從口袋取出兩張粉色的票券晃了晃，「要的話就三分鐘內換好衣服，然後給我出門去。」

「遵命！」

「沒問題！」

拋下興奮的回答，鬈髮女子和黑髮小女孩咚咚咚地衝上樓。

趁著這個空檔，一刻發了封簡訊給進貢招待券的某人，要他自己好好把握機會。

不到三分鐘，換裝完畢的兩人又咚咚咚地衝下來了。

「莉奈姊，招待券給妳，要是吃不夠妳儘管向某人開口。」這是一刻對宮莉奈說的話，然後迅速將人推了出去。

「織女，乖乖聽莉奈姊的話，還有頭上那隻借我。」這是一刻對織女說的話，不待對方回應，他已飛快地一手抓住喜鵲，另一手俐落地將織女扔了出去。

玄關處的大門「砰」地關上。

直到聽見這聲響，被人抓在掌心內的喜鵲才乍然回過神，發現自己居然就這麼被迫和一刻單獨相處。細辮子少女倒吸一口氣，眼眸大睜，怒氣瞬間膨脹開來。

「放開我！白毛，我叫你放開！」喜鵲奮力掙動，甚至毫不客氣地狠狠咬上一刻的手指。

然而就算見血了，一刻還是無動於衷。他陰沉著一張臉，捉著拚命掙扎的喜鵲，大步回到自己的房間。

當房門被人用腳踢上時，喜鵲也已被扔至床鋪上，白瓷臉蛋上的兩顆黑眼珠像要噴出火，但是所有惡毒話語卻在聽見白髮少年的一句冰冷問句後，頓時全卡在舌尖。

「為什麼要欺騙織女？」一刻面無表情，但眼裡卻戾氣四溢。

喜鵲來不及掩飾那一閃而逝的狼狽。

這瞬間，一刻的心徹底涼了，同時也有一股更巨大的憤怒直衝上來。他緊緊地收著下巴，拳頭捏緊，試圖克制自己，然而腦海內卻不由自主地浮閃過小女孩落寞、哀傷、泫然欲泣的臉。

一刻終究再也忍不住，他失控地一拳砸向了書桌。

「妳他媽的為什麼要欺騙織女！」他厲聲暴喝，少年的臉孔因憤怒而扭曲，「她做了什麼對不起妳的事嗎？妳明明知道她在等牛郎的回信，為什麼不把信給她？現在妳最好該死地把一切都交代清楚，喜鵲！」

「你和那傢伙碰過面了，對吧？你和牛郎碰過面了？」喜鵲不承認也不否認，她仰高臉，盯著一刻一字一字慢慢地問。雖是問句，用的卻是肯定的語氣。

不僅如此，一刻還發現喜鵲之前對牛郎的敬稱消失了，她現在在說的那人，彷彿是她極為輕蔑厭惡的對象。

不，不是彷彿。喜鵲白瓷般的臉蛋，是真真切切地露出厭惡；那雙總是給人古靈精怪感覺的烏黑眼睛，閃動的是貨真價實的怨毒。

這所有的一切，都再清楚不過地顯示出喜鵲對牛郎抱持的情感——徹底負面的情感！

「哪，白毛，你問我爲什麼不把信交給織女大人？」喜鵲拍動著翅膀飛離床鋪，接著吐出銀鈴般悅耳的嗓音，「你說什麼傻話，信我都撕了，怎麼交給織女大人？」

「什……！」一刻的瞳孔收縮，萬萬沒料到會聽見這樣的答案，他不敢相信地瞪著喜鵲，「妳說撕了……妳爲什麼……」

「啊啦，爲什麼不能撕？那種人寫的信，」喜鵲彎起笑，眼內卻是一片森寒，「完全沒必要給織女大人看到。」

「什麼叫那種人？不管那傢伙是哪種人，織女在等他的回信是事實，他是織女的丈夫也是事實！」一刻就像被喜鵲的態度激怒，他忍無可忍地拉高聲音，「妳該死的憑什麼撕了牛郎的信！」

「你住嘴！」喜鵲尖銳地大叫，「牛郎、牛郎，所有人都說『牛郎織女』是一段美麗的愛情，它哪裡美麗了？我怎麼就看不出它哪裡美麗？那個男人明明只是一介卑微凡人，憑什麼能娶織女大人爲妻？織女大人可是天帝陛下的小女兒，她的身分如此尊貴，無論如何都不該和那個人類在一起！」

「我聽妳放屁！人家要在一起、要幹嘛，妳管得著嗎？」一刻怒喝，「織女和牛郎在一起就那麼礙著妳嗎？」

「礙著，當然礙著。」喜鵲冷冷一笑，她飛至和一刻視線平行的高度，「牛郎可好了，他娶了織女大人，留在天界、獲得漫長壽命、擁有不衰的肉體，這個低等的人類簡直佔盡所有好處。但是，織女大人呢？又有多少人知道與人類的結合只會使她漸漸喪失力量？」

彷彿沒見到一刻震驚的眼神，喜鵲的語速不自覺地越變越快，「織女大人是神這點不會改變，然而她的神力、她那曾備受天界眾人艷羨的龐大神力，卻在這些時間以來不得不減弱衰退。白毛，你以為織女大人為何會以孩童面貌出現在人間？你當眞以為她自願用如此面貌出現？如果不是那傢伙……如果不是牛郎，織女大人又怎會淪於此種狀況？甚至就連當年她和牛郎在人間成婚，疏於天界事務的罪，揹負責任的也僅有她一人。這樣公平嗎？白毛、宮一刻，你告訴我，這眞的是什麼美麗的愛情故事嗎？這根本就是對織女大人的懲罰！」

望著面前表情怨毒扭曲的細辮子少女，一刻一時竟說不出話。

他從來沒想過，總是擺出高傲任性姿態的織女，竟是因為神力衰退，才會以小女孩的面貌出現在他面前；他更沒有想過，她和牛郎的婚姻背後，原來付出了如此的代價。

意料不到的衝擊讓這名白髮少年無法言語，以至於他疏忽了自一樓傳出的開門、關門聲。

而喜鵲也全然沒有發現到。

「就算如此……」好不容易，一刻尋回他的聲音。他咬著牙，一字一字地慢慢說，「就算如此，妳也沒權力做出那種事。織女既然選擇和牛郎在一起，那麼誰都沒權力去干涉她的決定。更不用說妳甚至還撕了牛郎的信，讓那丫頭開始對牛郎胡思亂想起來！」

「胡思亂想？你眞的認爲織女大人的疑慮都只是胡思亂想嗎？」面對一刻的嚴厲指責，喜鵲卻是駭笑起來，「所以，那隻叫左柚的四尾狐狸要怎麼解釋？你說牛郎和她之間來往過密這件事要怎麼解釋！」

「那不代表他們之間就有曖昧！」一刻煩躁地怒吼道：「左柚說過，她對牛郎只是抱持朋友的好感，他們只是單純的網友！」

「左柚、左柚，她說什麼你就信什麼。白毛，你根本是被那隻狐狸迷得團團轉了吧？別告訴我，你眞的從來沒有懷疑過。」

喜鵲的眼神迸出懾人的異光，像兩團淒厲的焰火。

「如果當眞是單純的網友，爲什麼牛郎會特地下凡與她見面，卻連織女大人也不告知一聲？他以爲我不知道，但是我知道他更早之前就開始跟左柚密切通信！如今他瞞著織女大人下凡與左柚會面，這種負心漢的信，我爲什麼要拿給織女大人看？他背叛了織女大人，他背叛了一心一意愛著他的織女大人，而寧願選擇左柚那隻裝可憐的狐狸！」

回應這聲尖銳喊叫的，卻是一聲物體墜地的聲音。

壓根沒想到會有異聲響起的一刻和喜鵲一震，飛快地看向傳出聲音的方向。

原先關上的房門不知何時被人打開了，門口處地板躺著一根湯匙和一個未開封的布丁。而在這兩者之後，是一雙纖細白皙的小腳。

小腳的主人是一名細眉大眼的黑髮小女孩。

一刻與喜鵲不敢置信地煞白了臉，以為已經出門的織女居然就站在房門外！

織女的模樣看起來並沒有比他們好到哪裡去，她的小臉褪去血色，顯得無比蒼白，一雙眼眸睜得大大的，如同撞見什麼駭人之物。

不，她並沒有看見什麼駭人之物，但卻聽見了從來不曾想過的驚人消息。

織女就像忘記自己的腳邊掉了東西，她的手心發冷，望著掩飾不住狼狽和震驚表情的一刻與喜鵲，喃喃地動了嘴唇。

「你們……說什麼……」

「不是的，織女！妳先聽我解釋！」一刻顧不得追問織女為什麼此時會在這兒，他心急地想上前一步。

可那名總是喜歡纏著他的小女孩在這時卻是退了一步。

一刻愣住。

織女看著她最信任的兩人，「夫君，下凡來到潭雅市了？這是何時的事……為什麼妾身全然不知？」

「織女大人……」喜鵲的巧舌此刻就像打了結，織女茫然蒼白的表情令她感到不安，她沒有想過要在這種時候讓織女得知自己一直隱瞞的事，她只想在最適當的時機拆穿牛郎負心漢的面具，讓織女看清楚他的眞面目，對他徹底死心。

喜鵲萬萬沒料到，事情會超出她的控制。

「你們明明知道，卻瞞著妾身？」織女虛弱地搖搖頭，無意識地又向後退了一步，「將妾身徹底瞞住……妾身要找夫君問個清楚，妾身要找夫君問個清楚！」

「慢著！織女妳慢著！」眼見黑髮小女孩居然轉身衝往樓梯，一刻又驚又急，立即一個箭步邁出，卻沒想到房門竟猛地重重關上，就連窗戶也被無形力量一把拉起。

「該死的！織女！」

「織女大人！」

與一刻同樣被迫困在房裡的還有喜鵲，但她的身形馬上化作光點，迅速地穿過門板，疾追出去。

見狀，一刻更沒辦法忍受被困在房裡。他迅急地瞥了一下門窗，最後目光定在窗戶上。

沒有太多的猶豫，白髮少年罵了聲髒話，抓起椅子朝玻璃窗砸出。

在玻璃碎裂的聲響中，一刻抄起手機，也不管殘留在窗框的碎片會不會扎傷手，他飛也似地從自己製造出的出口一躍而下，同時用最快的速度聯絡自己的好友。

「幹！事情大條了！蘇染、蘇冉，立刻通知其他人找到織女，不能讓那個丫頭因爲誤會做出什麼傻事！」

□

織女不知道自己究竟是往哪個方向跑。

她原本只是不想當江言一和宮莉奈兩人的電燈泡，才又中途折返回家裡，卻怎麼也沒想到會聽見那番足以令自己如墜冰窖的話。

不是這樣、不是這樣的，夫君不可能會背叛妾身……我等明明就曾許下誓言……織女的腦海一片混亂，她想起自己丈夫的溫柔微笑，她想起左柚柔弱可人的模樣，她不願相信也無法相信這兩人之間竟有著她不知情的牽扯。

胡說，一刻和喜鵲都是胡說，她的夫君怎麼可能瞞著她下凡？

然而在織女的心底深處，卻又有一個細微的聲音說：

眞的是這樣嗎？當時在南陽大樓，尤里是因爲接到一通不明男性的電話，才有辦法及時趕來援助。如果那通電話不是牛郎打的，那麼一切又該如何解釋？

昨天，他們眾人被困在引路人的結界，受制於敵方的要脅，假使不是有一道雷電突然砸下，恐怕他們也無法成功救回一刻；而那道雷電，分明就是屬於雷神和閃電娘娘的力量。他們並未下凡，必定是有人向他們借助了力量……借助力量的，難道不是牛郎？

織女在人行道上停了下來，她急促地喘著氣，覺得過多的思緒塞得她腦袋幾乎要爆炸了，她想不出還有誰會特意幫她。

「夫君、夫君，你下凡是爲了幫助妾身，對吧？」織女揪著衣領，喃喃地說，「絕非如同喜鵲說的那樣，你……！」

織女的聲音忽然像被硬生生切斷。

往來的行人誰也沒有注意到這名黑髮小女孩的異樣，最多只因爲她可愛的樣貌多看幾眼，便又移開目光。

織女怔怔地站在原地，她的手腳冰冷，體內流動的血液彷彿凝成了冰。明明今日陽光燦爛，然而她卻感受不到一絲溫暖。

在她前方不遠處，一對從便利商店走出的人影扎疼了她的眼。

那是一對如此登對的男女。男子俊美非凡，一雙挑勾的桃花眼含帶笑意；少女惹人憐愛，褐金色長髮更是襯托膚色白皙。

「欸欸！那對情侶看起來好配！」

「簡直像是從畫裡走出來的！」

正好經過織女身旁的兩名年輕女孩興奮又羨慕地低嚷。

殊不知這兩句無心的話語，如同鋒利的箭矢，狠狠地貫穿了織女的胸口。

在南陽大樓那時，她在那裡——左柚也在那裡。

被困在引路人的結界裡，她在那裡——左柚也在那裡。

她的夫君想救的人，究竟是……誰？

牛郎與左柚並肩走下便利商店的台階，左柚似乎是大意地腳下一絆，頓時身子朝前傾倒，幸好牛郎眼明手快地攙扶住她。

見到兩人如同擁抱的畫面，織女只覺內心有什麼重重墜下，壓得她難以呼吸。

四周是車輛呼嘯而過的聲音、此起彼落的人聲，街道顯得熱鬧無比。

可是這一刻，織女卻什麼聲音也聽不見，她的世界變成一片死寂。

在瞧見牛郎對著左柚露出溫柔笑意的剎那，織女聽見自己心碎的聲音。

「爲何、爲何……」織女細不可聞地動著嘴唇，烏黑的眼眸蓄滿透明的淚水，一張小臉是如此蒼白。

「織女大人！」突然間，一聲焦灼不已的大叫自街頭響起。

那古怪的稱呼不但引得他人側目，同時也讓牛郎一震，猛地尋聲望去。

從街頭急促奔出的是一名綁著多條細辮子的荳蔻少女。

但牛郎的視線卻不是落在她身上，而是怔怔地看著佇立在人行道上的黑髮小女孩。

男人和小女孩的目光對上了。

牛郎和織女的目光對上了。

「夫君……爲何欺騙妾身……」淚水自織女的眼眶內溢落，沿著臉頰淌下，在來到下巴處時，那透明的淚珠赫然染爲血紅，紅色的淚就這麼滴墜至地面，「爲何辜負妾身……爲何要欺我、負我——」

淒厲的吶喊倏然炸裂，織女的眼內溢下的盡是血淚，身周瞬間颳起狂風。

突來的古怪大風嚇到街上民眾，還來不及驚叫連連，強烈的風勢已吹得他們睜不開眼，下意識地以手護臉。

「織女大人！」

「織女！」

無視狂風的威力，喜鵲和牛郎心急如焚地衝向了織女，然而在他們伸出手的瞬間，狂風驟消，包括中心的嬌小身影也消失得無影無蹤。

「織女大人！」喜鵲的震驚隨即被怨毒取代，她尖銳地直視牛郎，「全是你的錯，全是你的錯！我絕對不會原諒你的！」

扔下滿懷恨意的話語，也不管自己還在人潮眾多的街道上，喜鵲就這麼直接消失了身影。

這匪夷所思的一幕，頓時讓望見的民眾譁然騷動。

而牛郎像是對周遭的騷動充耳不聞，他怔然地望著只抓到一滴血淚的掌心，「不對、不對，我怎麼可能欺妳、負妳……我唯一所愛一直只有妳，我下凡來也全是爲了……」

「牛郎先生！」左柚猝然大力地抓住牛郎的手臂，「你快去找織女，這裡交由我處理，你快去找你的妻子！」

牛郎像是被搧了一掌般回過神，他蒼白著一張俊顏，連聲道謝的話也無暇說，拔腿便朝著一處方向急奔而去。

留在原地的褐金長髮少女看著騷動不已的民眾，她深吸一口氣，瞳孔瞬間轉成了燦金。

□

「織女大人！織女大人！」

恢復常人體型的喜鵲急急追著織女的氣息，她拍振背後翅膀，抹消自己在人類眼中的蹤跡，在大街小巷內不停歇地穿梭飛行，終於在下一個轉角發現了熟悉的嬌小身影。

「織女大人！」綁著多條細辮子的少女大喜，一個落地後即刻奔向那抹人影。

然而手指剛碰上織女的肩頭，喜鵲頓時就發覺這條僅有她們兩人的小巷內，瞬間瀰漫起一股濃烈的妖氣。

和織女一塊在人間執行任務許久的喜鵲，又怎會辨識不出來——這是屬於瘴的妖氣！

不敢遲疑，喜鵲馬上將織女攬護到懷裡，同時背後羽翼全力伸展。

妖氣越來越濃，最後甚至化成實體，化作黑霧環繞在小巷頭尾。

喜鵲不由得白了臉色，她至今不曾遇過如此濃烈的妖氣，濃得幾乎令她無法呼吸。

當下斷了與之對抗之想法，喜鵲抱著織女毫不猶豫地振翅往空中飛去，卻沒料到地面突然湧現大股黑暗；黑暗中生出多條藤蔓似的長影，迅速纏捲上喜鵲的腳踝，將她重重扯拽下來。

細辮子少女摔至地面，卻不忘用身體護住懷中的小女孩。

還未等到那股像是能令她的骨頭移位的劇痛舒緩，喜鵲便聽見了一聲咯笑。

那笑聲聽起來天眞稚氣，卻又帶著歪斜的惡意與毒素。

喜鵲奮力抬起臉，竟瞧見黑暗中鑽冒出大量黑線，那黑線散發的欲望味道是如此之重。

「欲線……」微弱的嗓音自喜鵲懷中傳來。

喜鵲連忙低頭，發現織女似乎安然無事令她心喜，可當她意會過來織女吐出的字詞爲何時，她內心一駭。

欲線……那些黑線居然全是欲線！

在喜鵲陡然收縮的瞳孔注視下，欲線圈繞出一抹人形，緊接著黑色以外的色彩覆上，穿著漆黑衣裙的嬌小人影浮立在黑暗上，臉上覆著勾有紅紋的面具，可供雙眼視物的孔洞內閃動的

竟是猩紅色的不祥光芒。

喜鵲煞白著一張臉，體內遍生寒意。她豈可能看不出對方是瘴，然而這瘴卻又與平時所遇全然不同。

她的身體……那不是人類的身體……

「不可能……瘴不可能不依附宿主而存於人世！」喜鵲不敢置信地失聲喊道：「妳到底是什麼東西！」

「吾是什麼東西？吾不就是汝等所稱之的『瘴』嗎？」漆黑人影如同被逗樂般咯咯笑起，她一步一步地朝喜鵲與織女逼近，身後是黑霧環繞，身下是黑影湧動，整個人宛若自黑暗而生，「只不過吾不須宿主亦能存於此世哪。好了，妳這多嘴的鳥兒，吾期待的戲終於要上演了，吾可不允許——有任何人給吾添亂。」

人影驟然抬手，身下黑影化作無數繩索，爭先恐後地朝著喜鵲她們疾竄而去。

「織女大人妳快走！」喜鵲忍痛迅速張開雙翅，翅膀一振，多根羽毛像刀似地斬向黑色繩索。趁對方攻擊被化開的剎那，她用上全力反衝向漆黑人影，白細的指尖變成巨大鋒利的指爪，瞄準人影就是毫不留情地撕抓而下。

五道爪痕撕開了人影的面具和身軀，勾有紅紋的面具裂成數片掉落下來。

可是那被撕扯開的漆黑身體卻又重新聚合。

「喜鵲！」織女的悲鳴在耳邊響起，喜鵲卻像是對自己的身體被眾多長條黑影貫穿毫無所覺。

她看著那張暴露出來的潔白面龐，前所未有的恐懼瞬間扭曲了她的臉。

在她被黑暗全數吞沒之前，她甚至不記得自己究竟有沒有如泣血般地尖叫。

快逃、快逃！

「織女大人，求求妳快逃——」

《織女・眞實與虛妄》完

後記

本回後記依舊有小劇透，建議先看完正文再讀喔！

第四集〈迷走大樓〉因重感冒休息沒露面的雙子，終於在這集大活躍了XD

這次敘述了蘇氏姊弟和一刻如何認識，以及他們過去發生的故事。

雖然當初就曾想到要交代一刻過去的故事，畢竟一刻同學可是男主角呀；而且部下一號、二號也都各自擁有自己的篇幅，只是……卻一直遲遲沒有靈感（掩面）。

不過就在一次偶然到某處散步的時候，看見了蜿蜒的小巷和多棟無人居住的空房，那獨特的氣氛莫名觸動我。當下腦海內便模糊地浮現出一個念頭：想要寫一個關於失蹤、像迷宮一樣的巷弄、還有關於黃昏的主題。之後經過了多番修改，於是引路人的傳說故事就這麼冒出來了！

眞是太感謝那個地方帶給我的靈感，如果那時沒有經過那裡，想必還要再花更長的一段時間，才能架出第五集的故事。或許有人會很好奇「那裡」指的是哪裡？其實那是台中後火車站相當有名的二十號倉庫附近XDDD

不管是傍晚或晚上從那邊走過，都相當地有FU，有時還可以看見藝術家工作室內有人在裡面作業呢。

話說織女系列也總算來到第五集了，這集除了交代一刻和雙子之間的過去，同時也點出了喜鵲至今所作所爲的眞正目的。不知道讀者看完後有沒有覺得「哇——居然是這樣！」的感覺？如果有的話我會相當開心的。

交代完三位部下的故事後，接下來劇情將要回歸到織女、喜鵲以及牛郎身上。

「牛郎織女」這段愛情故事，究竟裡頭埋藏了什麼眞相？眞的如同喜鵲說的一樣，這根本不是什麼美麗的愛情，而是一種詛咒嗎？

下集的預告關鍵字是：**跟蹤狂、遊樂園、被黑暗吞噬的喜鵲！**

我們第六集見了!!

醉琉璃

國家圖書館出版品預行編目資料

織女.卷五，眞實與虛妄／醉琉璃 著.
——初版. ——台北市：魔豆文化，2012.01
面； 公分.
ISBN 978-986-87140-9-0（平裝）

857.7 100023463

fresh
FS017

織女 vol.5 眞實與虛妄

作者／醉琉璃
插畫／夜風 封面設計／克里斯
出版社／魔豆文化有限公司
地址◎ 台北市103赤峰街41巷7號1樓
電話◎（02）25585438 傳眞◎（02）25585439
部落格◎ gaeabooks.pixnet.net/blog
臉書◎ www.facebook.com/Gaeabooks
電子信箱◎ gaea@gaeabooks.com.tw
投稿信箱◎ editor@gaeabooks.com.tw
郵撥帳號◎ 19769541 戶名：蓋亞文化有限公司
發行／蓋亞文化有限公司
法律顧問／宇達經貿法律事務所
總經銷／聯合發行股份有限公司
地址◎ 新北市新店區寶橋路二三五巷六弄六號二樓
電話◎（02）29178022 傳眞◎（02）29156275
港澳地區／一代匯集
地址◎ 九龍旺角塘尾道64號龍駒企業大廈10樓B&D室
電話◎（852）2783-8102 傳眞◎（852）2396-0050
初版五刷／2016年5月
定價／新台幣 199 元
Printed in Taiwan

ISBN／978-986-87140-9-0

FS017

織女

vol.5 真實與虛妄

魔豆文化　讀者迴響

感謝您在茫茫書海中選擇了魔豆，您的支持是我們最大的動力。
不要缺席喔，讓我們一起乘著夢想的羽翼，穿越時空遨遊天地！

姓名： 性別：□男□女　出生日期：　年　月　日	
聯絡電話：　手機：	
學歷：□小學□國中□高中□大學□研究所　職業：	
E-mail：　（請正確填寫）	
通訊地址：□□□	
本書購自：　縣市　書店	
何處得知本書消息：□逛書店□親友推薦□DM廣告□網路□雜誌報導	
是否購買過魔豆其他書籍：□是，書名：　□否，首次購買	
購買本書的動機是：□封面很吸引人□書名取得很讚□喜歡作者□價格便宜□其他	
是否參加過魔豆所舉辦的活動：□有，參加過　場　□無，因爲	
喜歡出版社製作什麼樣的贈品：□書卡□文具用品□衣服□作者簽名□海報□無所謂□其他：	
您對本書的意見：◎內容／□滿意□尚可□待改進　◎編輯／□滿意□尚可□待改進　◎封面設計／□滿意□尚可□待改進　◎定價／□滿意□尚可□待改進	
推薦好友，讓他們一起分享出版訊息，享有購書優惠　1.姓名：　e-mail：　2.姓名：　e-mail：	
其他建議：	

◎請沿虛線剪開、對摺、裝訂後寄出

○請沿虛線剪開、對摺、裝訂後寄出

廣告回信　郵資免付
台北郵局登記證
台北廣字第675號

魔豆文化有限公司　收

103 台北市赤峰街41巷7號1樓

魔豆

魔豆